U0119525

文學評論 2

小說欣賞新視野 ──敘事學入門

胡緯著

蘭臺出版社

目　　次

前　言

　　小說在我國古代，向來沒有什麼地位。論語謂：「雖小道，必有可觀者焉，致遠恐泥，是以君子弗爲也。」孟子更稱小說是「齊東野語」，但奇怪的是，爲什麼有這許多人喜歡看小說，卽使具有高深學問的大人先生亦然。此無他，只是小說與我們日常的生活息息相關而已。當我們要板著臉孔，面對那些磚頭書，大道理之後，空下來，看一兩篇小說，好像喝上一杯淸甜的白開水，眞教人怡然自得哦。

　　話雖如此，由於小說的稗俗，至漢代還無法打入我國以詩學爲主的文學史主流。所以班固有謂：「小說家者流，蓋出於稗官，街談巷語，道聽途說者之所造也。」然而，班固所說的「小說」，內涵較爲廣泛，是六經國史以外的著述，皆可稱爲小說。魏晉的志怪、唐宋的傳奇等，才開我國古代小說的先河。

　　我國文學既以詩為主流，「賞奇析疑」是一種雅事，只屬於社會之小部分上流人士的玩兒，只可孤芳自賞。俗人的小市民和農家子弟是沒有份兒的。文學便遠離一般老百姓。朱自清先生有見及此，便起了「雅俗共賞」的念頭。「雅」是質的提升，「俗」是量的擴展，我國文學最理想的當然是「質」與「量」都得以改善。所以我們應該向著，老百姓的「質」得以提升，而知識分子的「量」得以擴展，這個方向邁進。要推行這個理想，文學評論是最有效的工具，因為它可提高平民百姓的鑑賞質素。

　　小說不只老百姓容易接納，私底下知識分子也會拿來消遣，所以魏晉以後，小說也不斷發展。有心人想把小說的「質」於以提高，明清間便有「小說評點」的出現。對小說以「序」、「讀法」、「總評」、「眉批」、「夾批」等幫助讀者提高他們的鑑賞能力。但這些真的是針對小說的方法嗎？無怪乎解弢在他的《小說話》有云：「金、毛二子批小說，乃論文耳，非論小說也。」誠然，那麼多「文勢」、「筆法」、「字法」、「句法」、「章法」、「部法」，以之論小說可以，以之論其他文體又何嘗不可。儘管後來有些人發展出關於人物塑造的理論，但這並非中國傳統小說批評家主要關注的中心。而西方傳統對小說的注意力在於區分「情節」、「人物」、「性格」、「背景」等，中西各有側重，也各有盲點。但自 1916 年，西方語言學進入一個嶄新的時代，瑞士語言學家費爾迪南・德・索緒

爾本著結構主義精神，寫出他的名著《普通語言學教程》，他的學說影響至巨，也令語言學發展神速。而一門新的研究小說的方法也出現，名爲「敍事學」。它濫觴於俄國什克洛夫斯基的形式主義，通過法國結構主義文論家羅蘭・巴特、葛雷馬斯、布雷蒙、托多羅夫、熱內特等的鼎力發展，在當今勃興於英美的語義、修辭學派文論中得到進一步弘揚。

　　本書就是試圖利用「敍事學」的方法，處理我國的小說。我曾說過中西的方法，各有長短，所以在本書第十二章〈文學技巧述略〉，保留了一部分中國傳統的評點方法。如此一來，我們不只希望做到，雅俗共賞，更希望能夠中西共賞，與朱自清先生並肩，踏上大眾化的道路，希望文學可以「由量變到質變」。

第一章 談文體

第一節　傳統文體的劃分

我國古代記載歷史，據《漢書‧藝文志》有所謂：「左史記言，右史記事。事爲春秋，言爲尚書。」但《禮記‧玉藻》卻說：「天子元端而居，動則左史書之，言則右史書之。」與《漢書‧藝文志》恰恰相反。其實，記言記事都是史官的職責，「言」與「事」往往相互有關聯，絕不是涇渭分明的。只不過《尚書》的內容，多把過去的檔案保存下來，所以偏於記言，但在《春秋》中主要記載我國發展中的歷史，但也難保沒有記言的成分。

我們既然要嘗試用敘事的方式去閱讀前人的作品，弄清那些作品是記言的，那些作品是記事的，便是我們首要的任務。

我們中小學的中文科課本往往把文章納入以下四種文體：（一）記述文、（二）敘述文、（三）說明文、（四）議論文。

（一）記述，主要在於使人想見情景。

（二）敘述，主要在於使人知道事情的變化和經過。

（三）說明，主要在於使人理解事物或義理。

（四）辯論，主要在於使人信從。

【記述的】，如冰心的〈笑〉：

一片幽輝，只浸著牆上畫中的安琪兒——這白衣的安琪兒，抱著花兒，揚著翅兒，向著我微微的笑。

這裡冰心是要讀者想見畫中的情景。

【敘述的】，如朱自清的〈荷塘月色〉：

這幾天心裡頗不寧靜。今晚在院子裡坐著乘涼，忽然想起日日走過的荷塘，在這滿月的光裡，總該有一番樣子吧……我稍稍地披了大衫，帶上門出去。

這裡朱自清是要讀者知道他離家往荷塘去的變化和經過。

【說明的】，如陳兼善的《進化論淺釋》：

「進化」一名「天演」，就是天地間古往今來，萬物萬事遞變演進的一個現象。

這裡陳兼善是要讀者理解何謂「進化」。

【辯論的】，如胡適的〈不朽論〉：

以我個人看來，這種「社會的不朽」觀念很可以做我的宗教了。我的宗教的教旨是：我這個現在的「小我」，對於那永遠不朽的「大我」的無窮過去，須負重大的責任；對於那永遠不朽的「大我」的無窮未來，也須負重大的責任。我須要時時想著，我應該如何努力利用現在的「小我」，方才可以不孤負

　　了那「大我」的無窮過去，方才可以不遺害那「大我」的無窮未來？

　　這裡胡適是要讀者信從那不朽的「大我」。

　　籠統地說記述文、說明文，議論文都屬於記言；而唯有記敘文是記事的。記言是靜態的，記事是動態的，因為它涉及經過、始末等，並且也有人物。

第二節　六何與記事

　　一九四八年，耶魯大學教授，拉斯威爾（H‧Lasswell）推出他著名的「五個 W」公式。它的內容是：

Who	誰	- 控制研究
Says What	說什麼	- 內容研究
In Which Channel	經什麼途徑	- 傳媒研究
To Whom	向誰說	- 受眾研究
With What Effect	有什麼效果	- 效果研究

　　現代一般記者都喜歡採用他這個公式加以調整，變成了所謂「六何」，來分析他們新聞稿件中的成分。六何」就是：誰 Who、何時 When、何處 Where、何事 What，如何 How、為何 Why。

　　明顯的，新聞稿多是記事的，現在就讓我們隨便舉出

一段新聞稿，看看他們如何利用上一節的公式加以分析：

例一：

（路透社南斯拉夫貝爾格萊德七日電）警方稱：昨天，在南斯拉夫查布拉尼卡湖區，一輛巴士與一輛貨車迎頭相撞，巴士中四十五人，只有八人獲救，兩具屍體被撈，其餘卅五人大約凶多吉少。該巴士從薩拉熱渦市運載建築工人返回莫斯達市，在途中出事。

分析：誰 Who →巴士乘客，是一群建築工人。何時 When →消息登載的前一天。何處 Where →南斯拉夫查布拉尼卡湖區。何事 What →汽車失事。如何 How →巴士與貨車迎頭相撞。為何 Why →原因未明，是否涉及人為疏忽，或因機件失靈，或因環境使然。

例二：

（合眾社美國康涅狄格州哈特福德一日電）每年的愚人節，都會或多或少發生一些怪事，今年固然亦不例外。

美國康涅狄格州一名三年級老師，領著一群學童到公園去玩耍，這個公園，闢了一個飼養有很多魚的魚塘。

正當這位老師向學童講解魚有貪吃的習性的時候，

一條重三十磅的鮭魚，突然從水中跳出來，以魚尾摑老師的嘴巴。結果，老師的嘴巴破裂，縫了六針，上下顎骨俱受了傷。

分析：誰 Who →一名三年級老師。何時 When →某年的四月一日。何處 Where →美國康涅狄格州的一座公園。何事 What →老師向學童講解魚的習性。如何 How →卻遭到魚的侵襲而受傷。為何 Why →對魚的侵襲，動機未明。

第三節　六何與記言

至於記言的作品又可不可以用上六何去分析呢？是可以的，雖然有點不同。

讓我們看看五四運動發軔之初期的美學家朱光潛的一篇作品〈談讀書〉，以下是它的節錄：

讀書要有中心，有中心纔易有系統組織。比如看史書假定注意的中心是教育與政治的關係，則全書中所有關於這問題的史實都被這中心聯繫起來，自成一個系統。以後讀其它書籍如經子史集之類，自然也常遇著關於政教關係的事實與理論，它們也自然歸到從前看史書時所形成的那個系統了。一個人心裡可以同時有許多系統中心，如一部字典有許多「部首」，每得一條新知識，就會依物以類聚的原則，

匯歸到它的性質相近的系統裡去，就如拈新字貼進字典裡去，是人旁的字歸到人部，是水旁的字都歸到水部。大凡零星片段的知識，不但易忘，而且無用。每次所得的新知識必須與舊有的知識聯絡貫串，就是說，必須圍繞一個中心歸聚到一個系統裡去，纔會生根，纔會開花結果。

以上是一篇說理文，我們遍觀整篇文章，很難找出上述的六何，那麼是不是說，六何在「記言」的文字中，無用武之地呢？那又不是，我們可以依以下嘗試問問：

誰 Who →這篇作品的作者是朱光潛。何時 When →這篇作品是在一九四二至一九四四年間寫成的。何處 Where →武漢大學。何事 What →教人讀書的方法。如何 How →以說理的手法，指導讀者如何讀書。爲何 Why →爲了栽培一群知識青年。

顯然記言的討論，是在文本以外的，如朱光潛不是〈談讀書〉一文中的一個人物，他只是擔任這篇文章的作者。我們所以要首先分出那些文本是記言，那些是記事。雖然記言也可以有敘事的討論，即所謂章法。但我們以下要討論的只限於記事的文本。分清記事的篇章，我們還要探究，我們是在文本之中所提出的六何，還是在文本以上的層面提出的六何。由於文本內外之分別是敘事學的一個十分基

本，而重要的概念，而且與我們平日閱讀的習慣有所不同，
所以我會在下一章不厭其煩，再說得透徹些。

第二章 兩個層面

第一節　文本內外

在上一章中，我前後舉出了三段文字，一段是記言，就是朱光潛的〈談讀書〉；兩段是記事的，就是有關汽車失事的新聞，和鮭魚弄傷老師的新聞。並且用六何分析那三段作品。雖然分析的都是六何，但層面卻有很大的分別。

分別何在？首先，我們要弄清一個很重要的術語，就是所謂「文本」。「文本」（Text）有些人也稱它爲「本文」。「文本」簡而言之，就是「故事」的語言表現（Verbal representation）。作者（Author）是一個人，他不是一串言語或一串文字，所以他如果要透過言語或文字，敍述一個故事，他便要在文本中，創作一位代言人，爲他講故事。這位代言人我們稱它爲「敍述者」（narrator）。在下一節中，我們嘗試看看魯迅先生他如何安排敍事者在他的作品之中。

第二節　魯迅先生給我們的啟示

魯迅先生不愧是我國五四以來的一位大文豪，最難得的他也是研究小說的學者。他寫作時有清晰的敍事意識。首先我們看看他自己所寫的小說中最喜歡的那一篇〈孔乙己〉。作者，當然是魯迅先生了。筆是作者和他的作品的橋樑。我們往往說他筆下的作品，如何如何。但很可惜，筆既沒有眼，也沒有口，更重要的是它跟作者一樣，無法

直接進入文本中。於是便要委託一位有眼有口的「敘事者」
（narrator），進到文本中，把他〈那位敘事者〉看到的
一切講說出來。所以作者和敘事者是兩個不同的概念。在
〈孔乙己〉那篇小說中，魯迅先生便委託了咸亨酒店的「小
伙計」（「我」）作為他的敘事者。小伙計在故事中也是
一個人物。他在敘述故事的過程中與孔乙己、掌櫃、酒客
間的關係產生了微妙的變化，由起初作為一個旁觀者，後
來被掌櫃與酒客同化。誰看到他那微妙的變化，顯然背後
還有一位「隱含作者」，正在冷眼看那位「看客」，而且
他更冷眼看這位看客（那位小伙計）如何看孔乙己，和那
班酒客。所以一個文本的發放，除了原創作者外，更涉及
到：隱含作者和敘事者。

　　我們再看魯迅先生另一篇小說〈狂人日記〉。這篇作
品的首段是用上顯淺的文言文，以交代他敘事的過程。然
後用流利的白話文，寫下十三個自然段，是為敘述事故的
內容。他把故事和交代事故這兩件事用不同的文體清楚劃
分。它的首段是：

> 某君昆仲，今隱其名，皆余昔日在中學校時良友；
> 分隔多年，消息漸闕。日前偶聞其一大病；適歸故
> 鄉，迂道往訪，則僅晤一人，言病者其弟也。勞君
> 遠道來視，然已早癒，赴某地候補矣。因大笑，出
> 日記二冊，謂可見當日病狀，不妨獻諸舊友。持歸
> 閱一過，知所患蓋「迫害狂」之類。語頗錯雜無倫

次，又多荒唐之言；亦不著月日，惟墨色字體不一，
知非一時所書。間亦有略具聯絡者，今撮錄一篇，
以供醫家研究。記中語誤，一字不易；惟人名雖皆
村人，不為世間所知，無關大體，然亦悉易去。至
於書名，則本人癒後所題，不復改也。七年四月二
日識。

　〈狂人日記〉的作者，當然是魯迅先生無疑，但試看
看上面這段說明裡，「余」指出，下面的故事是一位精神
患者的日記。「余」曾對這日記略加整理（刪去村人的名
字），此外一字不易，連題目都是原有的。這樣「余」這
個敘事者便完成了敘述任務，告訴讀者他只是發現、整理
者。為了區別正文與說明中兩位敘述者的身分，在文字上
也進行區分。說明是淺易文言，正文則採取了通暢的白話。
簡言之，在這裡分出敘述層次。即故事（日記）是由說明
提供的。因此敘事者便有兩位。而那個「我」據說是擔任
把自己的日記寫下來的，那便是兩冊日記的作者了。當他
寫或者是講出那十三段白話文時，我們稱之為「敘事者」
（narrator）。那個「我」當他寫日記時，當然是希望有
人讀他的日記，即使是他自己。所以在他寫日記時，心目
中便有一個虛擬讀者，在文本中，以一個「余」字出現，
因此我們稱之為「受敘者」（narratee）。

　在這篇〈狂人日記〉中，我們可以察覺到它具有三
個層面：就是這二冊用語體文由狂人寫成的日記「內嵌」

（embed）在那個用文言文寫成的文本層面中，而這個文言文的文本又內嵌入以魯迅先生作爲作者寫出〈狂人日記〉這個文本以外的層面中。換言之，這個文本以外的層面，也是最外圍的層面，包孕（envelop）了文言文這個層面；而這個文言文層面又包孕了這個白話文的文本。

　　除了私人的信札外，作者往往不能預測那一個人會讀到他的作品，但他心目中必有一位他打算把故事告訴他的人。在那二冊語體文日記中，作者「我」即使不打算以他的親人或朋友作爲他的讀者，但也許會以「未來的他」作爲讀者。其它的作品，作者心目中也許還有萬千個讀者，但他總會虛擬一個讀者，作爲他寫作的對象；況且，既有敘事者，必有一個受敘者去聽他的講述，在文本中接收由敘事者傳來的信息。這個讀者便是一位「受敘者」（narratee）。這二冊日記一日未交出，一日也只有受敘者藏在文本中，但那段文言文中不是有所謂：「持歸閱一過」。那時的「余」便可以姑且稱之爲讀者了。在語體文日記中的「我」既然是敘事者，因爲他看遍了社會百態，並把這百態講述出來。文本中的受敘者接過由敘事者傳來的信息，又把它轉述給讀者。於是由原作者所要傳的信息，便依這個程序傳給讀者了。尤有進者，書信體的小說，受敘者肯定不是任何一位讀者，而是作者虛構的一位人物，就是一個受敘者。

　　在上面，我們對敍事的流程，有了初步的認識，在下一章嘗試把組成敍事模型的各部件再說得明確一些，我們便可著手建構我們的敍事模型了。

第三章　敘事模型

　　在上一章，我們藉著魯迅先生的兩篇小說，對敘事一事有了初步的認識，在這一章我們首先分析敘事模型的部件，進而建構這模型。

第一節　組成模型的部件

　　分清文本以內和文本以外兩個不同層次是非常重要的。文本以外的作者，與文本以內的敘事者與人物，是在兩個不同的層面。如果對中國小說史稍有接觸的，「紅學」一詞不會陌生了罷，「紅學」其中有一派是所謂考證派，他們大部分的志趣在於文本之外，特別是作者問題。我國傳統的文學研究的重心是在作者方面，因爲作者的背景、風格每每影響作品的本身，所謂知人論世。但現代人改將焦點轉到「文本」的本身。粗略的說，文本以外，就只有作者和讀者，或者爲了清楚一點，我們稱文本以外的，是原創作者和眞實讀者。但文本以內卻複雜得多了。讓我們把其中較重要的部件，略作介紹：

　　因爲敘事文體是文學的一種，而文學又是一套傳播的作業。所以有：「信息放送者→信息→信息接受者」，這樣的一種運行。

　　首先它既是一種傳播行爲，在敘事學中這種行爲我們稱之爲「敘述」：

　　【敘述】文本中的敘述，是指把書面或口頭的文本講

或寫出來的行為。

其次在敘事文中的信息是什麼呢？

【信息】在敘事體中的信息，就是言語交流的對象，是加工了的故事。（故事是指任何關於某一時期發生的事情的最廣義的記載，它可以是書面的、口頭的或記憶中的，也可以是真實的或虛構的，它是關於某些事件的順敘或倒敘。）

接著是信息的放送者，在敘事文中我們稱這位信息的放送者為「敘事者」：

【敘事者】或稱「敘述代理」（narrator-agent），是置身在文本中講故事的人，他的身分有時是明確的（有時是一個置身事外，不具名的旁觀者。）但有時是混入信息中的人物中，作一個信息的發放者。敘事者的「聲音」控制敘述的內容、重點、速度，具有某種道德信念和智力，大致可靠（有時不可靠），也常常加插議論或判斷。

既有信息的放送者，必有信息的接受者，我們稱之為「受敘者」：

【受敘者】也是與「敘事者」一個彼此平行的概念，他是內在於文本的聆聽者，有時可能與「隱含讀者」重合。我們在上面已經談及「紅學」中的考證派，對作者的問題很有興趣。而其中的主帥胡適之先生更視曹雪芹就是《紅

樓夢》的作者。由於胡氏的大名，一般人也便不加思索，同意了這個看法。但如果較深入的研究，作者是誰，還是一個懸案。我們不管作者是洪昇、納蘭明珠、吳梅村、董小宛或朱明末系的隱王等等，但一經接觸《紅樓夢》這本書，我們會覺得其作者是一位親身經歷過中國封建大家庭盛衰的人物，這也難怪有人對這些人氏有所猜測，因爲他們或多或少都有此經歷。即使我們不能斷定《紅樓夢》的眞實作者是誰，但我們可以透過文本，認識到它的隱含作者。

【隱含作者】意指一個統攝全篇的主導意識，即作品所體現的思想標準的根據。他對作品的選材命意負責。他站在幕後，是作者的「第二自我」，是靜態、無聲的。在這意義說，「隱含作者」應該是從文本所構成的成分綜合推斷出來的構想物。

有了隱含作者，我們也應該認識一下，與他對稱的隱含讀者了。

【隱含讀者】是與「隱含作者」一個彼此平行的概念，指能夠領會並實現文本潛在意義的讀者。可稱之爲「隱含作者爲之寫作的讀者」或「作者的讀者」（Authorial audience）、假想的理想讀者，作者爲他們建構文本，他們也能完美地理解文本。

第二節　對部件進一步分析

在以上的部件中，作者處於文本之外，最容易弄清楚。敘事者因為他擔綱敘述，所以也較易弄明白；但隱含作者最使人弄糊塗，既有作者，又為何會生出一個隱含作者，而且更要鬼鬼祟祟隱含起來，所以我進一步把他分別與原創作者及敘事者比較，以弄得明白些。

隱含作者與作者的分別

隱含作者與作者的分別，我們可以藉一些例子加以說明。其一是有些報章或雜誌的信箱，往往公開解答讀者生活中遇到的困擾，比如說這是一本婦女雜誌，解答的編輯可能是男性，為了讓讀者較為認同作者的意見，作者便以一個女性的隱含作者出現。所用的詞彙、句法、語調都是女性化了的。又如一位童話的作者，他同樣要以一個孩童的隱含作者出現，所用的詞彙、句法、語調及描述的生活內容孩童化了的。顯然，作者與隱含作者在這裡有很大的分別。

另一些例子就是所謂「續書」的出現了。「續書」在我國的小說史中，是一個相當重要的課題。而《紅樓夢》一書更是最好的典範。《紅樓夢》是何人所作，是一個十分複雜的問題，我們姑且依一般的說法，前八十回是曹雪芹所寫，後四十回是高鶚的續作。有趣的是，前香港教育

學院中文系系主任陳炳藻博士曾用電腦分析《紅樓夢》有以下的結論：「筆者並不是說《紅樓夢》全書一百二十回均出自曹雪芹之手，亦不否定高鶚插手更改後四十回，至於《紅樓夢》作者的姓名，不在此研究範圍之內。筆者只是用一個科學的方法得出來的答案，來支持『《紅樓夢》的前八十回與後四十回是同一個作者寫的』的看法，曹雪芹是否《紅樓夢》的作者，不在本研究範圍內。」（〈風格統計分析學的應用：重評《紅樓夢》一百廿回作者之一元論或多元論〉）你們對陳博士的結論可能覺得有點奇怪，既然不否定高鶚插手更改後四十回，但卻又十分肯定前八十回與後四十回是同一個作者寫的。

　　陳博士所言並非矛盾，其實他是說，《紅樓夢》的真實作者可能不只一位，但在文本中的「隱含作者」卻是一位，因為他利用電腦由始至終在文本中所遇到的都是同一的「隱含作者」。但事情不是到此了結，名小說家張愛玲的〈紅樓夢未完〉，她說：

> 小時候看紅樓夢看到八十回後，一個個人物都語言無味，可憎起來，我只抱怨「怎麼後來不好看了？」仍舊每隔幾年又從頭看一遍，每次印象稍有點不同，跟著生命的歷程在變。但是反應都是所謂「撳鈕反應」，一撳電鈕馬上有，而且永遠相同。很久以後才聽見說後四十回是有一個高鶚續的。怪不得！也沒深究。

　　其實道理十分顯淺，《紅樓夢》前八十回與後四十回，分別隱含了一對孿生的「作者」，由於二者看來很相似，雖然能避過了電腦的精密分析，但又怎能逃過我們張小姐的法眼呢！所以如果在一個作品中，真實作者有一個以上，但隱含作者好像只有一位的，這表示續作者的模仿高明。但如果一篇作品只有一位真實作者，但卻有一位以上的隱含作者，那除非作者是別有用心外，要不是在文本精神分裂，就是寫作手法十分低劣了。

隱含作者與敘事者的分別

　　「隱含作者」跟「敘事者」在道德標準未必一致，兩者的距離可以造成作品的「反諷」（irony）及「張力」（tension）。我們不妨看看《紅樓夢》中，隱含作者與敘事者道德標準如何不一致。如在第三回，敘事者親自作出對賈政的批評是：「而且這賈政最喜歡讀書人，禮賢下士，濟弱扶危，大有祖風。」但隱含作者卻視賈政是典型的封建衛道之士。又比如在第三十回，敘事者也盛讚王夫人：「王夫人固然是個寬仁慈厚的人，從來不曾打過丫頭們一下……」但隱含作者卻告訴我們，她是如何逼死金釧、晴雯，又把芳官等幾個無辜的女孩子逐入空門。在隱含作者的心目中，真是如珠如寶，一個遺世獨立的好漢──賈寶玉，但敘事者又在第四回，透過兩首〈西江月〉，說他

「愚頑」、「偏僻」、「乖張」、「天下無能第一，古今不肖無雙」。如果我們不熟識《紅樓夢》隱含作者的立場，便一不小心，被敘事者騙過了。

第三節　敘事者應放在那裡

在第二章中，我們舉出魯迅先生的兩篇經典作品，就是〈孔乙己〉和〈狂人日記〉。因為在〈狂人日記〉中魯迅先生把白話部分內嵌在文言文中，層次分明，所以敘事者所處的位置在那裡也非常容易確定。但〈孔乙己〉中的敘事者「小伙計」所處的位置便不同了。他並非置身在故事之外，去敘述這個故事，而是混在故事之中的某一角色，或作為一位主角講述自己的親身經歷，或作為一個旁觀者，講述別人的故事。這些詳情，將留待在〈視點〉一章才仔細討論。

第四節　模型簡介

有了以上的部件，我們便可以建構出一個敘事模型，這個模型與一般通訊模型，大眾傳播模型有相類似。

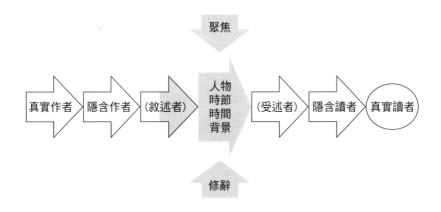

在以上這個模型中，除了我們曾經討論過的幾個部件（作者、隱含作者、敘事者、受敘者、隱含讀者及讀者）外，我們還看見包含在故事中的一些成分，就是：人物、情節、時序、背景、聚焦與修辭。因為屬於故事中的成分，所以加上網底，以資識別。但最奇怪的是「敘述者」一項，有一半加上網底，但有一半沒有。沒有的一半，表示如〈狂人日記〉中的敘事者，他處身在故事之外的；而加上網底的一半，就如〈孔乙己〉的「小伙計」，他是混在故事之中的。

　　有關敘事的模型，當然不只這麼一個，但它是簡單而普遍的一個。一個敘事體文本，即使是最簡單的故事也包含至少三個層面，五種關係：文本以外的世界，和文本以內的世界。在文本以內的世界，又包括敘事者和受敘者的一個層面和在這個文本中，內嵌（embed）了一個故事人物及情節的文本這個層面。五種關係就是：作者與敘事者、敘事者與人物、人物與人物、作者與受敘者、受敘者與讀者。敘事的運程便在這個錯綜複雜的模型中進行起來了。

　　故事以外的各個部件，我們已作鳥瞰式的觀摩，以下幾章，我會跟大家討論一下，故事中的成分，就是：人物、情節、背景、視點、修辭及意義等。

第四章　取材材料的處理

第一節　取材側重它的重要性

　　世事紛紜，但文字的負載有限，以有限之文字負載紛紜的世事，便有選材的必要了。作者憑甚麼原則去挑選他的材料呢？就是那些有意義的材料，甚麼是有意義的？就是那些能表達主題（Theme）的，重要的材料。那又要問：「什麼是主題？」有很多學者曾回答過這個問題，但我覺得克林斯・布魯克斯的回答會較爲妥貼。他認爲一部小說的主題也就是作者：

> 對人物和事件的詮釋，是體現在整本作品中對生活的深刻而又融貫統一的觀點，是通過小說體現出來的某種人皆有之的生活體驗。

　　了解甚麼是重要的，能表達主題的材料，如魯迅先生在一九一九年五月在《新青年》第六卷第五號所發表的，他的第三篇小說，〈藥〉的主題，就是作者希望尋索出「一劑能治好病態社會的『良藥』」，但革命是否就是這劑良藥呢？

　　作者不願作明確的答案，他不想打消讀者的希望。人因貪便走出來的的路是否正確呢？那圈沒有根的花圈，和那隻不願飛到瑜兒墳頂的烏鴉都是重要的材料，它們與這篇小說的主題有密切的關係，它們與故事中所談到的鮮紅的饅頭一樣的重要，或者可以說，更爲重要。所以魯迅先生把這些都選入他的小說中，至於那些與本主題無關的材

料，先生也惜墨如金了。

第二節　人物的選取

　　故事體的文本，主要有兩大元素，就是人物（characters）和情節（plot）。在一件事件（event）中，也許包括一個以上的人物。作者挑出與主題最有關係的作為主角，次要的那些便分配成配角，至於那些無關痛癢的，或者索性不提，或者把他們作為活動布景板。如果上帝落入文本之中，祂也只是一個角色。小說中的主角，未必一定具名的。有時動物也可以是一個角色，比如家傳戶曉的〈白蛇傳〉中的白蛇。有時甚至死物也可以是主角，如唐代韓愈所作的〈毛穎傳〉中那柄毛筆是。在這裡，我只是就人物的挑選作出分析，至於較全面的討論，則請參考下一章了。

第三節　講述或顯示

　　講述（telling）和顯示（showing）是文學創作中最常用的兩種藝術表現的方法。何謂講述，就是指對社會生活和客觀事物一般的概括敍述，是對人物、事件、環境等的粗略介紹。

　　所謂講述（telling）如《紅樓夢》第八回，當寶玉來

到梨香院探他的薛姨媽，見到薛寶釵，作者透過寶玉講述寶釵的個性：「罕言寡語，人謂藏愚，安分隨時，自云守拙。」脂評：「十六字乃寶卿正傳。」在第五回作者索性直接講述寶釵的個性：「寶釵行為豁達，隨分從時。」作者就是用講述的手法，概括的敘述了薛寶釵的個性。

所謂顯示（showing），是指對社會生活和客觀事物的具體刻劃，是對人物、事件、環境等的生動形象的描繪。

作者又在作品中多方多次用顯示的手法，描述了寶釵這種世故的個性，且入木三分。如三十二回為安慰王夫人，竟然歪曲了金釧投井的真相。廿八回，為了討好王夫人而證明自己不迷信，居然否認薛蟠正在配製的偏方，她忘了冷香丸正是「海上方」。她對賈府最高權威的賈母也百般順承討巧，廿二回賈母因喜寶釵的「穩重和平」斥資廿兩要為她作生日，問她愛聽何戲，愛吃何物。「寶釵深知賈母年老人，喜熱鬧戲文，愛吃甜爛之食，便總依賈母往日素喜者說了出來，賈母更加歡悅。」由此可見她體察入微，善解人意。讓我們再看一段文字，就是當她用歪理安慰王夫人不必為金釧投井一事過於自責而離去後，又轉回來。我們且看看作者如何施展他這種顯示的伎倆：

> 一時寶釵取了衣服回來，只見寶玉正在王夫人旁邊坐著垂淚。王夫人正在說他，因寶釵來了，卻掩了口不說了。寶釵見此光景，察言觀色，早知覺了八

分，于是將衣服交割明白，王夫人將她母親叫來拿了去。

籠統地說，對於較為重要的內容，多用顯示，且讓讀者對這個人物或事件自己下一價值判斷。而這個判斷，作者卻用上了講述留給自己。

第四節　偶然或必然

「偶然」是指常規下不一定會發生的而偏偏發生了的情況。而「必然」是指不以人的主觀意志為轉移的客觀發展規律。我們既然強調，情節含有邏輯的規律，依邏輯的順序發展，那情節便要服從邏輯「必然」的發展。但有人認為偶然是世界上最偉大的小說家，一個小說家的任務就是在於研究偶然的作用，這番經驗之談包含了對小說藝術規律的一個重要認識。因為一個具有一定長度的敘事若想維持讀者對它的興趣，便需要產生不斷的變化。偶然的作用也就在這裡，它能打破閱讀者的慣性，使故事的發展始終處於一個「耗散結構」之中；不斷建立起的平衡被外界的新衝擊所不斷打破，為敘事的情節中建立起它的趣味線，一直延伸至故事的終點。

所以「偶然」對於情節模式有如潤滑劑與動力源；然而也必須看到，情節模式能夠建立的基礎是以必然為內核的可然律。沒有必然性也無所謂事物的前因後果，從而也

無所謂情節的有機整體了。首先讓我們看一篇微型小說，故事中的部長對評論家的評論，同意或反對是一個必然的反應，但部長的衣領別扭卻是偶然的事情，而衣領別扭以至搖頭又是一個必然結果，故事就在偶然和必然的交替中建立起它的趣味線。所以當我們著手挑選事件時，以爲因情節重視邏輯性，而只選必然的事件，那便使人讀來覺得納悶、枯燥、乏味；但如果濫選偶然事件，又會使人覺得欠缺眞實感，而流於荒唐。偶然會產生意料之外，但這意料必然要合乎在情理之中，「意料之外，情理之中」才是上乘的作品！

「您看斯普羅塔新創作的小說怎麼樣？」部長問道。

評論家回答說：「部長，我認為他創作的小說是好的。」

部長搖了搖頭。

「我說的『從某種意義上講』，是針對咖啡館裡那些為數很少的庸俗的知識分子。」

部長搖頭。

「確切地說，就是針對那些沒有鑒賞力的人。剛才我沒有表達清楚。」

部長搖頭。

「總的來說，部長先生，這是一部壞小說。」

部長又搖頭。

「當然，也不能全部否定。」

部長搖搖頭說：

「這衣領真別扭。」

（波蘭）斯特法妮亞·格羅津斯卡，《文藝評論家和部長》（選自《全國微型小說精選評講集》）。

第五節　敘事速度

情節是在時間中展開，所以我們要談談時間了。時間是一個連續體，首先作者依事故的始末把這段時間切割出來。我們把這段時間稱爲「事發時間」（narrated time）就是指事故發生所需的時間；至於敘事者花了多少時間來講述這件事故，我們稱之爲敘事時間（narration time），有時我們也可以稱爲「講述時間」（discourse time）。每個人說話的速度快慢緩急不同，我們很難量度，但當說書人把故事寫成文本，這便好辦得多了，我們可以數一數花了多少個字去表達這一件事故。雖然，量度出來的是字數，但我們仍然稱它爲敘事時間。

從以上這個觀念，我們又引出「敘事速度」（narration

speed）這個名稱。所謂時間速度，是一個相對性的概念。有謂：「山中方七日，世上已千年。」又有謂：「黃粱一夢。」敘事速度不是一個物理學的概念，而是關乎敘事情節的疏密的程度的一種說法。敘事速度，是與敘事情節的疏密度成反比，情節越密，時間的速度越慢；反之，情節越疏，時間的速度越快。因為以三言兩語，可道盡幾世幾劫。敘事速度在本質上是人對世界和歷史的感覺的折射，是一種「主觀時間」的展示。

敘事時間速度與情節疏密的比較，是文本內部的比較。還有一種是文本外部的比較，就是事發時間與敘事時間的比較。事發時間的刻度，是人類以其觀察和體驗到的日、月以及其他天體運行的周期來製定的，它是客觀存在的常數。但是當它投影到敘事過程的時候，它便成了一個變數。在一部作品中，講述一日的事情所花的文字，有時比講一月、一年甚至數十年為多。這就是說，人作為敘事者的介入，把事發時間的周期常數加以拘留，推動或者扭曲。所謂敘事速度，乃是由事發時間的長度和敘事時間的長度比較而成立的，事發時間越長而文本長度越短，敘事速度越快；反之，事發時間越短而文本長度越長，敘事速度就越慢。在二者的轉換之間，人作為敘事者的知識、視野、情感和價值的投入，成了左右敘事速度的原動力。換句話說，就是透過敘事者的知識，視野、情感和價值的取向，決定文本中情節的取捨去留，因此做成文本中情節異常不均的

現象。敘事者認為有重要的，可表達主題的便用密筆來寫，所謂細膩的筆法。認為不大重要的，便輕筆帶過。更有與主題無關的，一句「有話則長，無話則短。」便把那些情節摒諸文本以外。有關時間我們在第七章再詳細討論。

第六節　敘述節奏

作者把材料的輕重，安排成四種方式去處理：就是「省略」、「概述」、「場景」與「凝固」。明顯的，就成了一條敘述密度的光譜。「省略」最稀疏，「凝固」最稠密；不言而喻，重要的事件當然要用上稠密，不重要的用上稀疏。

凝固（停頓）　　文本時間 > 事發時間；事發時間 =0

場景　　　　　　文本時間 = 事發時間

概要　　　　　　文本時間 < 事發時間

省略　　　　　　文本時間 =0，< 事發時間

※ 凝固（停頓）

例一：《紅樓夢》第三回：

這個人打扮與眾姑娘不同，彩繡輝煌，恍若神妃仙子：頭上戴著金絲八寶攢珠髻，綰著朝陽五鳳挂珠釵，項上戴著赤金盤螭瓔珞圈；裙邊繫著豆綠宮條，

雙衡比目玫瑰佩，身上穿著縷金百蝶穿花大紅洋緞窄褙襖，外罩五彩刻絲石青銀鼠褂；下著翡翠撒花洋縐裙。一雙丹鳳三角眼，兩彎柳葉吊梢眉，身量苗條，體格風騷，粉面含春威不露，丹唇未啟笑先聞。

例二：〈杜十娘怒沉百寶箱〉：

渾身雅豔，遍體嬌香。兩彎眉畫遠山青，一對眼明秋水潤。臉如蓮萼，分明卓氏文君；唇似櫻桃，何減白家樊素。可憐一片無瑕玉，誤落風塵花柳中。

例三：《紅樓夢》第五回：

入房向壁上看時，有唐伯虎畫的〈海棠春睡圖〉，兩邊有宋學士秦太虛寫的一副對聯，其聯云：嫩寒鎖夢因春冷，芳氣籠人是酒香。案上設著武則天當日鏡室中設的寶鏡，一邊擺著飛燕立著舞過的金盤，盤內盛著安祿山擲過傷了太真乳的木瓜。上面設著壽昌公主於含章殿下臥的榻，懸的是同昌公主製的聯珠帳。

例四：〈張淑兒巧智脫楊生〉：

〈楊延和等〉行到河南府滎縣地方相近，離城尚有七八十里。路上荒涼，遠遠的聽得鐘聲響亮。抬頭觀看，望著一座大寺：蒼松虯結，吉柏龍蟠。千尋峭壁，插漢芙蓉；百道鳴泉，灑空珠玉。螭頭高拱，

上逼層霄；鷗吻分張，下臨無地。顫巍巍恍是雲中
雙闕，光爛爛猶如海外五城。

※ 場景

例一：《金瓶梅》第三十三回：

那敬濟走到舖子裡，袖內摸摸，不見鑰匙，一幹直
壚走到李瓶兒房裡尋。金蓮道：「誰見你甚麼鑰匙！
你管著甚麼來？放在那裡，就不知道。」春梅道：
「只怕你鎖在樓上了。」敬濟道：「我記的帶出來。」
金蓮道：「小孩兒家屁股大，敢吊了心？又不知家
裡外頭甚麼人扯落的你這有魂沒識，心不在肝上！」
敬濟道：「有人來贖衣裳，可怎的樣？趁爹不過來，
免不得叫個小爐匠來開樓門，才知有沒。」那李瓶
兒忍不住，只顧笑。敬濟道「六娘拾了與了我罷。」
金蓮道：「也沒見這李大姐，不知和他笑什麼，恰
似我每拿了他一般。」急得敬濟只是牛回磨轉，轉
眼看見金蓮身底下露出鑰匙帶兒來，說道：「這不
是鑰匙！」才待用手去取，被金蓮褪在袖中，不與
他，說道：「你的鑰匙兒，怎落在我手裡？」急得
那小伙兒只是殺雞扯膝。金蓮道：「只說你會唱的
好曲兒，倒在外邊舖子裡唱與小斯聽，怎的不唱個
我聽？今日趁著你姥姥和六娘在這裡，只揀眼生好
的唱個兒，我就與你這鑰匙。不然，隨你就跳上白
塔，我也沒有。」敬濟道：「這五娘，就勒揹出人

癆來。誰對你老人家說我會唱？」金蓮道：「你還搗鬼？『南京沈萬三，北京枯樹——人的名兒，樹的影兒』。」那小伙兒吃他奈何不過，說道：「死不了人，等我唱。我肚子裡撐心柱肝，要一百個也有！」金蓮罵道：「說嘴的短命！」自把各人面前酒斟上。金蓮道：「你再吃一杯，蓋著臉兒好唱。」敬濟道：「我唱了慢慢吃。我唱個果子名〈山坡羊〉你聽：……」

※ 場景／概要

例一：《搜神記‧干將莫邪》：

客持頭往見楚王，王大喜。客曰：「此乃勇士頭也，當于湯鑊煮之。」§王如其言煮頭，三日三夕不爛，◎頭踔出湯中，瞋目大怒。客曰：「此兒頭不爛，願王自往臨視之，是必爛也。」王即臨之。客以劍擬王，王頭隨墮湯中，客亦自擬已頭，頭復墮湯中。§三頭俱爛，不可識別，乃分其湯肉葬之，故通名「三王墓」。今在汝南北宜春縣界。

〈註〉◎表示該段屬場景，§表示該段屬概要。

※ 概要

例一：〈閑雲庵阮三償冤債〉：

則今日說箇大大官府，家住西京河南府梧桐街兔演

巷，姓陳，名太常。自是小小出身，累官至殿前太尉之職。年將半百，娶妾無子，止生一女，叫名玉蘭。那女孩兒生于貴室，長在深閨，青春二八，真有如花之容，似月之貌；況描銹針線，件件精通，琴棋書畫，無所不曉。那陳太常常與夫人說，我位至大臣，家私萬貫，只生得這個女兒，況有才貌，若不尋個名目相稱的對頭，枉居朝中大臣之位。便喚官媒婆吩咐道：「我家小姐年長，要選良姻。須是三般全的方可來說：一要當朝將相之子，二要才貌相當，三要名登黃甲。有此三者，立贅為婿。如少一件，枉自勞力。」因此往往選擇，或有登科及第的，又是小可出身；或門當戶對，又無科第；及至兩事俱全，年貌又不相稱了。以此蹉跎下去。光陰似箭，玉蘭小姐不覺一十九歲了，尚沒人家。

例二：〈蔣興哥重會珍珠衫〉：

自此無夜不會，或是婆子同來，或是漢子自來。兩個丫鬟被婆子把甜話兒偎他，又把利害話兒嚇他；又教主母賞他幾件衣服；漢子到時，不時把些碎銀子賞他們買果兒吃，騙得歡歡喜喜，已自做了一路。夜來明去，一出一入，都是兩個丫鬟迎送，全無阻隔。真箇是你貪我愛，如膠似漆，勝如夫婦一般。陳大郎有心要結識這婦人，不時的制辦好衣服、好首飾送他，又替他還了欠下婆子的一半價錢，又將一百兩銀子謝了婆子。往來半年有餘，這漢子約有

千金之費。三巧兒也有三十多兩銀子東西，送那婆子。婆子只為圖這些不義之財，所以肯做牽頭。這都不在話下。

※ 省略

例一：《金瓶梅》：

(1) 「話休饒舌。捻指過了四五日，卻是十月初一日。」省五天。

(2) 「須臾，過了初二。次日初三早……」省一天。

(3) 「卻說光陰過隙，又早是十月初十外了。一日，西門慶正使小斯請太醫……」光陰過隙，暗示不確定省略。

(4) 「便參武松做了巡捕都頭。」、「卻說武松一日在街上閑行……」，「一日」暗示省略。

(5) 「話休絮煩。自從武松搬來哥家裡住……」明示不確定省略。

(6) 「有話即長，無話即短。不覺過了一個月有餘，看看十一月天氣，連日朔風緊起，只見四下彤雲密布，又早紛紛揚揚，飛下一天瑞雪來。」明示有一個多月省略。

(7) 「這武松自從搬離哥家，捻指不覺雪晴過了十數

日光景。」明示十多天省略。

（8）「白駒過隙，日月如梭，才見梅開臘底，又早天氣回陽。一日，三月春光明媚時分……」暗示有三個多月省略。

例二：〈碾玉觀音〉：

這個故事講述約有兩年時間，其間作出下列幾次省略。

（1）秀秀來到咸安郡王府中後，「不則一日」，依樣繡出了一件團花繡戰袍。

（2）崔寧「不過兩個月」，碾成了一座南海觀音。

（3）「不則一日，時遇春天」，郡王府中發生火災，從崔寧碾成玉觀音，到這個春天，應是一年之內的事。

（4）秀秀與崔寧雙雙逃離臨安，「夜住曉行，迤邐來到衢州」。又「取路到信州」，在信州「住了幾日」後，不則一日，到了潭州。

（5）在潭州「時光似箭，日月如梭，也有一年之」，郭排軍發現了他們兩人的行蹤。

（6）郭排軍向郡王報告了這一消息，「不兩月，捉將兩個來，解到府中」。

（7）崔寧被發遣建康府居住，秀秀被害死後，其鬼魂

隨崔寧一起來到建康府。秀秀父母的鬼魂也聞風而至，「其時四口同住，不在話下」。這時敍述者另起一話頭，講述了宋高宗賞玩玉觀音時，失手掉下了一個玉鈴兒，因命崔寧修整，便與前面的敍述連接起來，在這中間應當有一省略。

可以看出，除了省（7）之外，其餘六處都是明示的省略。尤其像「不則一日」、「夜住曉行」一類形式的省略在話本小說中最爲多見，究竟是多少時間，敍述者一般都不明確說出。第（7）處省略是暗示的省略，原文沒有交代是否有所省略，我們只是根據敍述的轉折推斷此處應該有一省略。

第五章　人物

　　我在上一章已經說過，敍事體的文本，主要的元素有二，即：人物與情節。我在這一章中先談人物，下一章才談情節。

第一節　主角的特色

　　說到人物，首先我們要分出故事中的主角和配角。如果故事中只有一個人物，那便好辦，他必定是主角無疑。但超過一個又怎樣呢？首先，也較容易的就是他／她在文本中是否一直或經常出現？其次，是他／她是否表現主動？最後，是他／她與主題聯繫的緊密度有多高？

　　我們試以《紅樓夢》第卅三回〈不肖種種大承笞撻〉，其中最主要的角色有：寶玉、賈政、王夫人及賈母。在這個場景中，寶玉和賈政出現最多，但當賈政知道寶玉惹下大禍，準備將他好好教訓一頓，他首先要防範賈母或王夫人營救寶玉「便吩咐道：『……把各門都關上！有人傳信往裡頭去，立刻打死！』」而寶玉聽見賈政吩咐他「不許動」，知凶多吉少，便想設法找王夫人或賈母營救他。所以在場景中，此二人雖未現身，但在整個情節中已有她們的影子。賈政對寶玉的懲罰固然是主動，但寶玉的不屈，何嘗不是一種主動。王夫人和賈母的設法營救，也未嘗不是一種主動的行為。如果我們認為這一回是以封建社會的專制、迂腐、黑暗和虛偽等為主題的話，賈政便應當是主

角了。如果以孝道在一個封建家庭慾生的權威，則主角非賈母莫屬。如果以在古代男女地位的懸殊，一個貴族婦女也不過是生兒育女，傳宗接代的工具，兒子成了他安身立命的支柱，王夫人便應當是主角的了。但如果要揭示叛逆者對正統派的反抗，則寶玉便要擔起主要的角色。如果我們要追問，賈母的出場，制止了賈政的繼續毒打，於是各主要角色紛紛離場。這回的情節便應該告一段落了。但作者又刻意安排襲人、寶釵、史湘雲等對寶玉的安慰，但寶玉雖然一方面對他們表示感激，但另一方面對他們的勸解卻無法認同，甚至認為他們說的都是「混帳話」，只有黛玉才了解他的意向。在眾多勸慰者圍繞之下，一個極度孤獨無助的人物便卓然紙上了。

作者在這一回意圖表示的主題不也卓然紙上了嗎？

第二節　配角的功能

不要忽視配角，他們在敘事文體中的責任也相當重要。他們有兩種重要的功能：第一，推進情節的發展；第二，襯托處境或主角，以增加敘事的意義或深度。如《紅樓夢》中的紫鵑，由於她個性迥異於別人，好像很少和人來往，所以在整本《紅樓夢》中，所占的篇幅很少，說她是配角，恐怕也需斟酌斟酌，只有在廿七回才擔正主角，才有似《西廂記》的紅娘，但她在寶玉和林黛玉的愛情上，起了關鍵

的作用，將兩人的愛情推向於高峰。而傻大姐更是整本書中一個十分不起眼的人物，但她在七十三回因拾獲一個刺繡的春囊兒，使大觀園掀起軒然大波。

至於配角起襯托作用，沒有人會否認賈寶玉是《紅樓夢》的頭號主角，但作者卻創出一位甄寶玉作爲陪襯。甄寶玉在書中的戲分不多，顯然是配角，他起初面貌性情，與賈寶玉十分相似，後來一場大病，所謂「醒悟」過來，從此竟變了樣子，以致在第一百十五回中，與賈寶玉會面時，話不投機，不歡而散。這是一個十分典型的襯托的例子。另一個是周姨娘，在《紅樓夢》中似乎只掛一個空名，沒有戲演，實則是安排了與趙姨娘做對比。趙姨娘在宗法社會的大家庭，地位可謂卑微，際遇可謂不幸，但周姨娘的際遇，與他相比，可謂更加悲苦。在一百十三回中，趙姨娘臨終時：

> 周姨娘心裡苦楚，想到：「做偏房側室的下場頭不過如此！況他還有兒子的，我將來死起來還不知怎樣呢！」于是反哭的悲切。

至於周瑞家的，也是一位在同一本書中的不起眼的人物，但作者藉他在第七回送宮花一事，在途中所見，把無數空間的事情藉著他的眼睛連綴成賈府日常生活的一斑，每一個重要的角色都顯出他們的姿態，面目雖不清楚，瑣碎、粗糙，然而讓讀者在心中經營一個對主要角色的整體

印象，周瑞家的在書中作用只是一位嚮導員。

第三節　扁平與圓形人物

佛斯特（E.M. Forster）在他那本名著，《小說，面面觀》（Aspects of the Novel）把人物分成「扁平人物」（flat Character）和「圓形人物」（round character）兩種。扁平人物是個只有一兩樣性格特徵的人物。他在整個敘事過程中，性格是沒有發展的，是單純的。十二金釵排第十的李紈便是一位扁平人物，這位寡居的大奶奶清心寡欲、甘心寂寞，在他的身上蘊含中國傳統婦德的馨香。他始終如一，在第四回中最初介紹他時，指他：

> 雖青春喪偶，居家處膏粱錦繡之中，竟如槁木死灰一般，一概無見無聞，惟知侍親養子，外則陪侍小姑等針黹誦讀而已。

在第六十五回，尤二姐被賈璉收為妾侍，為了了解賈府各人，便向賈璉的小廝興兒打探。興兒對李紈的描述最為中肯。故事中寫到：

> 興兒拍手笑道：「原來奶奶不知道，我們家這位寡婦奶奶，她的渾名叫作『大菩薩』，第一個善德人，我們家的規矩又大，寡婦奶奶們不管事，只宜清淨守節，妙在姑娘又多，只把姑娘們交給他，看書寫字，學針線，學道理，這是他的責任。除此問事不

知，說事不管。只因這一向他（王鳳姐）病了，事多，
這大奶奶暫管幾日。究竟也無可管，不過是按例而
行，不像她多事逞才。」

　　圓形人物的性格特徵是複雜的，在整個敘事過程中是
多變的。賈府的焦大便是一位圓形人物。《紅樓夢》的作
者花的筆墨總共不過七八百字，但卻寫出焦大這個人物性
格的多樣性和複雜性。他既是賈府最忠實的奴才，又是恨
不得要對賈府不爭氣的後代子孫動刀子的鬥將。他既對賈
府先人創業的艱難居功自傲，又對賈府子孫祖的腐化墮落
恣意訓斥；既對老主子的另眼相看自炫自豪，又對新主子
的忘恩負義怒不可遏；既對自己往昔的豪奴勢派深感榮耀，
又對今日老僕的辛酸處境倍覺悲憤。當年他不惜捨生忘死
弄得半碗水給主子喝，如今卻動輒被捆倒，拖往馬圈裡去，
用土和馬糞滿滿的塡了他一嘴。在第七回中鳳姐竟責怪尤
氏太軟弱，在鳳姐的眼中，連焦大這樣對於賈府祖上有過
救命之恩的忠實奴才，如今竟也成了個「沒王法的東西」，
被認爲「留在這裡，豈不是禍害」。焦大，這該是一個有
著多麼豐富複雜的思想感情，多麼深廣的歷史內容的典型
圓形人物！

第四節　描述人物的手法

　　敘事者如何描述人物呢？主要有三種方法：

首先他可以直接由敘事者的口中明言那人物的性格，或借助文本中其他人的眼或口，把那人物表述出來。如《水滸傳》第三十七回寫李逵的出場：

> ……戴宗便起身下去，不多時，引著一個黑凜凜大漢上樓來。宋江看見，吃了一驚……

黑凜凜大漢，便把李逵的個性直接寫出來，或者描述出來。

其次，可以透過人物自己的言語表示出來，如《水滸傳》第五十五回藉著徐寧的丫環的一句話：

> 娘子不聽得，是老鼠叫，因厮打這般響。

便把那懶惰散漫貪睡的個性表示出來了。

第三種方法，便是用人物自己的行動。例如魯迅〈藥〉中的華老栓，當他的妻子交給他的一包洋錢：

> 抖抖的裝入衣袋，又在外面按了兩下。

當他天還沒有亮時，在街上走，燈籠熄了，又「按一按衣袋」足見金錢對他的重要和為人的謹慎。當他面對劊子手康大叔，卻被他的眼光刺得「縮小了一半」，他：

> 慌忙摸出洋錢，抖抖的想交給他，卻又不敢去接他的東西。

　　顯出他的膽小善良安分的性格。而康大叔手裡「撮著鮮紅的饅頭」，見老栓不來接，便「搶過燈籠」，「扯下紙罩」，「裹了饅頭」，「塞與老栓」，「一手抓過洋錢」。這一連串的動作，一個粗暴、橫蠻、凶悍、貪婪的劊子手便活現在我們的眼前。

　　人物的個性特徵相當複雜，我們切忌一開始便判定那一個是正派，那一個是歹角。人物每每，清中有濁。我們必須要在情節中仔細的觀察，才可說出個究竟來。

第六章　視點

第一節　視點的種種

　　我們研究敍事者，是看看那文本是透過那張嘴講述出來的。現在我們探究視點（viewpoint）就是看看文本中的事件，是透過那雙眼睛去觀看。一般來說，作者是敍事視點判斷的最高權威，因爲只有通過他，我們才能進入他所選擇擺在我們面前的那個世界。作者要決定站在那一個立場，以什麼樣的「眼」，用什麼樣的「心」來敍述文本，才最適合主題的完整表達。

　　首先，讓我們看看，同一件事件，透過不同的視點，寫下的文本有何不同：

　　　　（甲）在大雪後的早晨，一片皓白。雪地裡有一個小黑點，在移動著，那是小張。他正在去找瑪麗。當他快走近瑪麗的家時，瑪麗已經開了門，走出來了。

這是作者的視點。

　　　　（乙）早晨，瑪麗一推門出去，嘩！她才知道下了好大的雪，到處都讓雪蓋了，一片皓白。只在遠處，有一個小黑點正在移動著，越來越大，也越來越近。看真一點，原來是小張。

這是瑪麗的視點。

　　　　（丙）小張這天一早就去找瑪麗。雪下得真大，到

處都讓雪蓋滿了，瑪麗的小房子在遠處就望不清楚。走著，走著，看到瑪麗的房子了。這時，有個人正在推開門，走了出來。那不正是瑪麗麼？

這是小張的視點。

（丁）※ 在雪後的早晨，一片皓白。◎瑪麗推開房門一看，嘩！雪下得真大。§小張一步一步地在深雪裡，吃力地走著。他望見瑪麗的家，漸漸地望清楚了，而且看見有個人推門出來，那不正是瑪麗？◎這時，瑪麗也看見小張了。

這是移動的視點，其中 ※ 是作者、◎是瑪麗、§ 是小張。

按這一原則我們指出主要有以下四種敘事視點：

（一）全知視點。

（二）第三身角色視點。

（三）直述視點。

（四）第一身角色視點。

為了讀者較容易明白個中的道理，我們試以圖解輔以文字來說明。以下各圖表中，大的橢圓代表作者想像的世界。小的圓圈代表在那個世界裡活動的人物。「N」代表敘事者。「R」代表受敘者。帶括弧的「（N）」代表敘事

者不露面。現在所述的四種方法中有兩種，作者是有意隱藏的，而透過那個躲在文本中的一個人物之後的敘事者的眼睛，來觀看整個事件。在橢圓的這樣的一個世界，是作者獨一無二的創作。讀者能進入這個世界，唯一的方法是靠作者的指引。閱讀任何一個文本，都是讀者按作者的誘導，進入作者以想像所安排的那個世界的一段旅程。

第二節　全知視點

（一）全知視點

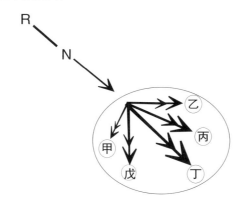

Fig1

就全知視點這一方法來說，顯然作者就是敘事者。那粗黑的箭頭停於橢圓形的周邊，表示作者在一段距離外，以居高臨下的眼光交代人物與事物。但是他也可以進入橢圓之中，自己去觀察他所想像的那個世界之內的所有事物。

包括了解小圓圈裡所發生的每一件事情。換言之，就是進到人物的內心，了解他的所想所望。因此所有的幼線都是雙箭嘴，表示能穿入各小圓圈中。但作者不能，或者準確點說，他不願意指引讀者進入這些小圓圈內。這種限制就是箭頭止於小圓圈周邊之外，所要表示的。

當作者使用這種視點時，認為自己是無所不知、無所不在的。這便是說，他對自己筆下人物的一切一切，對他所處理的題材的一切的一切無不瞭如指掌。他可以直接向讀者提示，也可以通過故事中任何人物的言談或思緒，去間接向讀者提示這一切。作者對「過去」一切無不稔知，他可以帶著讀者任意轉移時間或空間。甚至角色的內心。

例如《三國演義》第四十三回，諸葛亮舌戰群儒，是一場精彩的辯論，敘事者不僅如處身現場，觀察到當時的處境，聆聽到眾人的對答，領略到當時的氣氛，還能進到諸葛亮的內心。當張昭率先發難後，敘事者先交代了諸葛亮的內心想法：

> 孔明自思張昭乃孫權手下第一謀士，若不先難倒他，如何說得孫權？

孔明首次見孫權時，敘事者便使用了交叉內、外視點：

> 孔明致玄德之意畢，偷眼看孫權，碧眼紫鬚，堂堂一表。孔明暗思：「此人相貌非常，只可激，不可說。

等他問時，用言激之便了。」

敘事者完全以旁觀者的身分來寫這場對話，但在人物對話之間，又不時表現人物的內心情感：

魯肅在旁，聞言失色，以目視孔明，孔明只作不見。

這些都可見到敘事者的全知，在各個角色的內心中自由出入。

第三節　第三身角色視點

（二）第三身角色視點

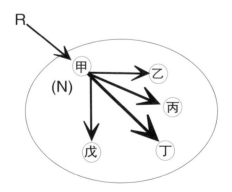

Fig 2

這種方法是敘事者化身為文本中的角色。文本中所有的動作都與他有關。作者不但透過角色人物的眼睛去觀望一切，而且通過角色人物的思維去想，通過他的感覺去感

受。他記述並評價每件事情，包括他本身內心的衝動與外界的接觸所發生的各種事情。附在粗線的箭頭穿過大橢圓圓周進入小圓形「甲」圓周裡面，而從「甲」發出的附在幼線上的箭頭則止於小圓圈「乙」、「丙」、「丁」、「戊」圓周的外面。戲劇性的活動狀況全繫於主角的心靈活動。別的人物的言行主要受他的意識影響而活動。

例如：在第二章，我們曾引用〈孔乙己〉那篇小說。魯迅先生委託了咸亨酒店的「小伙計」（那個第三身的「我」）作為他的敘事者。小伙計在故事中也是一個人物。他在敘述故事的過程中與孔乙己、掌櫃、酒客間的關係產生了微妙的變化，由起初作為一個旁觀者，後來被掌櫃與酒客同化。魯迅先生就是借助第三者的觀點，把故事演繹出來。

第四節　直述視點

（三）直述視點

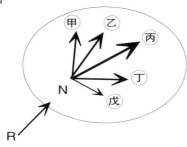

Fig3

　　有時，作者在第三身人稱的文本中，直接表白自己的心意，或對文本中的事物加以評論，加以解釋。他寧可放棄製造懸疑的效果，使讀者明確知道某件事情。所以在圖中，敘事者沒有依附文本世界中任何人物，而是自己赤裸裸的跑進文本中的世界，用自己沒有經過過濾鏡的眼睛，觀看人物及事件。並且把自己的感受很坦率的告訴讀者。他告訴讀者他的感受，就是：對人物事件用上褒貶語，或用旁白。讓我們說說用褒貶語是怎麼一回事。用褒貶語就是不用中性語，所謂一字之褒榮於華袞，一字之貶嚴於斧鉞。

　　例如：《水滸傳》第二回結尾寫道：

> 魯提轄正聽到那裡，只聽得背後一個人大叫道：「張大哥你如何在這裡？」攔腰抱住，扯離了十字路口，不是這個人看見了，橫拖倒拽將去，有分教魯提轄剃除頭髮，削去髭鬚，倒換過殺人姓名，薅惱殺諸佛羅漢；直教：禪杖打開危險路，戒刀殺盡不平人。

　　《水滸傳》多以這種議論方式作為每回的結尾，作者由幕後現身文本中，就使得敘事更為直接、概括了。

第五節　第一身角色視點

（四）第一身角色視點

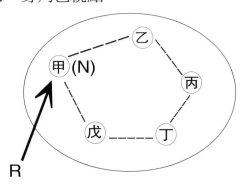

Fig4

　　所謂第一身是指用上「我」作為陳述的主語。敘事者，躲在文本中，其中一個人物的後面，這個人物多是主角或重要的角色，變作這個人物。他好像牽著讀者的手，叫他跳牆（這個牆壁就是他想像中的那個世界，那個大橢圓形的圓周）。他可跨越那道牆的障礙，進入大橢圓裡自由活動。他可以在橢圓圈子裡與其他的人物親近一樣，但是那些人物的性格他無法了解，除了從他們的言談行為來觀察以外，他的故事中任何人物的良心，他都無法透視。顯然這一方法的限制是，人物的活動與了解，只限於虛線之間的接觸，不能進入小圓圈的裡邊。

　　第一身敘事者的敘事視點是有限度的視點：他只能告

訴你他所看到的，如果要超越自己的觀察，那麼他對那些非他自己親眼所見的事件只能推測；卽使他假裝看到了，也沒有信心把那些非親眼所見的事件，作身歷其境的有效表達，雖然這種視點受到諸般限制，但卻會令讀者有較親切感。

例如：魯迅先生的〈孤獨者〉中第一句是：

> 我和魏連殳相識一場，回想起來倒也別緻，竟是以送殮始，以送殮終。

而隱形作者就是透過他的視點，看到魏連殳在裝殮他祖母的情景。

> 連殳卻還坐在草荐上沉思。忽然，他流下淚來了，接著就失聲，立刻又變成長嚎，像一匹受傷的狼，當深夜在曠野中嗥叫，慘傷裡夾雜著憤怒和悲哀。

透過以上四種不同的視點，有時我們在某篇作品中發現，同一個人物，對同一件事物，卻前後有不同的看法。我們不要簡單地就斷定作者的前後矛盾，而是查考一下，在這兩個不同的看法之間，是否視點已經有了變換，甚至擔任視點的人是否體驗過一些不尋常的歷練，以致令他對同一件事物有不同的看法。

我們常常說別人帶上有色的眼鏡看事物，往往把這件事物扭曲了。其實透過不同色彩的眼鏡，便是爲這事物塗

上某種不同的色彩。這色彩就是一種價值的判斷。透過正人君子的眼睛，姦淫擄掠真是要天誅地滅；但在無賴的眼中，姦淫擄掠是卻天公地道的事情。例如：

> 生辰綱是《水滸傳》一項十分重要的事件。「義」是江湖人物行為的一個重要準則。我們都知道「替天行道」是義的一項具體表現，而《水滸傳》強調劫富濟貧便可以實現這「替天行道」的使命。許多人也以為「生辰綱事件」是打響這使命的第一炮。我們看看施耐庵用上不同的視點，如何把這個主題討論得透徹。

> 首先用上第三身視點，透過多人的口稱梁中書的不義：

> 1. 劉唐：「小弟想此一套是不義之財，取之何礙！」

> 2. 晁蓋：「此等不義之財，取之何礙！」

> 3. 吳用：「取之一套不義之財，大家圖個一世快活。」

> 4. 晁蓋等六人，個個說誓道：「……此一等正是不義之財。」

> 同樣用第三身視點視晁蓋為義人：

> 1. 吳用：「這等一個仗義疏財的好男子，如何不與

他相見？」

2. 公孫勝：「聞知保正是個義士，特求一見。」

同樣用第三身視點視阮氏三子為義人：

吳用：「為見他與人結交，真有義氣，是個好男子。」

但作者卻用全知視點，逐步指出以晁蓋這一廂人等打劫生辰綱其實絕非義舉。

作者首先指出吳用是利誘阮氏三子參加打劫生辰綱，而非劫富濟貧。他首先知道三子好賭，故自然需財，所以阮七子稱其哥哥不贏，而自己也輸得赤條條，所以吳用暗想到：「中了我的計了。」再者當他知道王倫的梁山泊影響到阮氏三子的生計，也暗地歡喜道：「正好用計了。」但諷刺的是，吳用對王倫的批評竟是：「這等人學他做甚麼！他做的勾當，不是笞杖五七十的罪犯，空自把一身虎威都撇下，倘被官司拿住了，也是自做的罪。」劫是劫了，如何處理劫到的贓物便是決定其是否劫富濟貧。由於負責捉拿賊人何緝捕的弟弟何清是賭徒，他便帶了哥哥去緝拿曾參與這次劫案的白勝。「眾做公的繞屋尋贓，尋到床底下，見地面不平；眾人掘開，不到三尺深，眾多公人發聲喊，白勝面如土色，就地下取出一包金銀。」其他的贓物下落如何，作者也作出清楚的交代。當晁蓋想入伙梁山泊，但不知王倫是否接納。吳用道：「我等有的是金銀，送獻

些與他，便入伙了。」於是，吳用、劉唐把這生辰綱打劫得金珠寶貝，做五六擔裝了。利用這些贓物入伙梁山泊。明顯的作者透過他的全知視點，表明這次生辰綱的行為是否義舉。

　　所以分辨清楚文本中的視點，至為重要。因為它涉及價值的取向。弄不清楚，可能會得出與作者相反的意思。弄清了，我們便可以進入下一章，討論「情節」了。

第七章　情節

第一節　故事與情節的分別

有許多人把情節（plot 或 Action）和故事混淆了，請他在文本中找情節，他只找到一堆事件。E. M. Forster 先生為情節下了一個清晰的定義。他認為：

> 「故事的定義是『按時間順序的事件的敘述』。情節也是『事件的敘述，但重點在因果關係（Causality）』」。「國王死了，然後王后也死了。」是故事。「國王死了，王后也傷心而死。」

則是情節。在情節中時間順序仍然保留，但已為因果關係所掩蓋。又「王后死了，原因不明，後來才發現她是死於對國王之死的悲傷過度。」這也是情節，中間加了神秘氣氛，有再作發展的可能。這句話將時間順序懸而不提，在有限的情形下與故事分開。對於王后之死這件事，如果我們問：「然後呢？」這是故事；如果我們問：「為什麼？」就是情節。

第二節　糾葛的種種

情節既是由有因果關係的事件組成，而這些事件依某些原則給連貫起來。若想有效地分析小說敘事的情節，應當由組織原則進入。在眾多的組織原則中，我們可以從「糾葛」（有時也稱為「衝突」conflict）入手。這種方法可以幫助我們追尋情節的發展。在我們的生活中，往往有大

大小小的糾葛，世時不盡如人意，我們主觀的願望與客觀的條件，經常發生糾葛。作者在文本中透過情節把這些糾葛顯露出來。我們觀察事態，不只觀察事態的表面，還要觀察到一切表面現象後面，有一種動力，推動一切事物的發展，和演變。這種動力，就是我們所說的「糾葛」。

糾葛衝突可分爲四種，就是：

（一）人對人。人對人的糾葛可以發生於兩人之間，也可以發生於一個人與一群敵對者之間。也可以兩派人互相敵對。人對人，如魯迅先生的〈藥〉中，老栓與康大叔的人血饅頭交易，便是人與人之間的糾葛。

> 「喂！一手交錢，一手交貨！」一個渾身黑色的人，站在老栓面前，眼光正像兩把刀，刺得老栓縮小了一半。那人一隻大手，向他攤著，一隻手卻撮著一個鮮紅的饅頭，那紅的還是一點一點的往下滴。老栓慌忙摸出洋錢，抖抖的想交給他，卻又不敢去接他的東西。那人便焦急起來，嚷道，「怕什麼？怎的不拿！」老栓還躊躇著；黑的人便搶過燈籠，一把扯下紙罩，裹了饅頭，塞與老栓；一手抓過洋錢，捏一捏，轉身去了。嘴裡哼著說，「這老東……。」

（二）人對自己。人對人的糾葛發生在他與有血有肉的對手間的外在衝突，而人對自己的糾葛則是他內在的自我衝突。這是性格的衝突。這種鬥爭常發生於內心的強、

弱或正、邪二力之間。再用魯迅先生〈藥〉的例子，寫小栓拿起那人血饅頭，想吃時心中掙扎，便是小栓對自己的一種糾葛。

> 小栓撮起這黑東西，看了一會，似乎拿著自己的性命一般，心裡說不出的奇怪。十分小心的拗開了，焦皮裡面竄出一道白氣，白氣散了，是兩半個白麵的饅頭。……不多工夫，已經全在肚裡了，卻全忘了甚麼味；面前只剩下一張空盤。

（三）是人對社會。人是社會的動物，人很難脫離社會而獨處，投身社會便會與社會產生糾葛。人與社會的糾葛雖然也是一種外在的衝突，但人與人的糾葛是具體的，是與一個或一群有血有肉的人衝突，但人與社會卻是人與一些抽象的意識或概念的衝突，例如，貧困、歧視、要出人頭地、營商、戰爭等。再用〈藥〉這篇小說中的夏瑜，他受到的是政治的迫害，社會的歧視和窮困等。

> 「康大叔……聽說今天結果的一個犯人，便是夏家的孩子，那是誰的孩子？究竟是甚麼事？」

> 「誰的？不就是夏四奶奶的兒子麼？那個小傢伙！」康大叔見眾人都聳起耳朵聽他，便格外高興，橫肉塊塊飽綻，越發大聲說，「這小東西不要命，不要就是了。我可是這一回一點沒有得到好處；連剝下來的衣服，都給管牢的紅眼睛阿義拿去了。……

第一要算我們栓叔運氣；第二是夏三爺賞了二十五兩雪白的銀子，獨自落腰包，一文不花。」……

「包好，包好！」康大叔瞥了小栓一眼，仍然回過臉，對眾人說，「夏三爺真是乖角兒，要是他不先告官，連他滿門抄斬。現在怎樣？銀子！……這小東西真不成東西！關在牢裡，還要勸牢頭造反。」

「阿呀，那還了得。」坐在後排的一個二十多歲的人，很現出氣憤模樣。

「你要曉得紅眼睛阿義是去盤盤底細的，他卻和他攀談了。他說，這大清的天下是我們大家的。你想：這是人話麼？紅眼睛原知道他家裡只有一個老娘，可是沒有料到他竟會那麼窮，榨不出一點油水，已經氣破肚皮了。他還要老虎頭上搔搔癢，便給他兩個嘴巴！」

「義哥是一手好拳棒，這兩下，一定夠他受用了。」壁角的駝背忽然高興起來。

（四）是人對自然的糾葛。自然可以指洪水、乾旱、饑荒、疾病、死亡。由於人類要與大自然產生糾葛，又往往影響社會的變化，政治的變化，這些都是小說很好的題材。又再用〈藥〉這篇小說，小栓與癆病搏鬥，便是人對自然的糾葛。

那屋子裡面，正在窸窸窣窣的響，接著便是一通咳嗽。老栓候他平靜下去，才低低的叫道，「小栓……你不要起來。……店麼？你娘會安排的。」……

老栓走到家，店面早經收拾乾淨，一排一排的茶桌，滑溜溜的發光。但是沒有客人；只有小栓坐在裡排的桌前吃飯，大粒的汗，從額上滾下，夾襖也貼住了脊心，兩塊肩胛骨高高凸出，印成一個陽文的「八」字。老栓見這樣子，不免皺一皺展開的眉心。他的女人，從灶下急急走出，睜著眼睛，嘴唇有些發抖。……

華大媽聽到「癆病」這兩個字，變了一點臉色，似乎有些不高興；但又立刻堆上笑，搭訕著走開了。這康大叔卻沒有覺察，仍然提高了喉嚨只是嚷，嚷得裡面睡著的小栓也合伙咳嗽起來。

「原來你家小栓碰到了這樣的好運氣。這病自然一定全好；怪不得老栓整天的笑著呢。」花白鬍子一面說，一面到康大叔面前，……。

又例如在《三國演義》由於漢朝遇到與自然的糾葛，於是衍生出社會的糾葛，政治的糾葛：

建寧二年四月望日，帝御溫德殿。方升座，殿角狂風驟起，只見一條大青蛇，從樑上飛將下來，蟠于椅上。帝驚倒，左右急救入宮，百官俱奔避。須臾，

蛇不見了。忽然大雷大雨，加以冰雹，落到半夜方止，壞卻房屋無數。

建寧四年二月，洛陽地震；又海水泛溢，沿海居民，盡被大浪捲入海中。光和元年，雌雞化雄。六月朔，黑氣十餘丈，飛入溫雄殿中。秋七月，有虹現于玉堂；五原山岸，盡皆崩裂。種種不祥，非止一端。帝下詔問群臣以災異之由，議郎蔡邕上疏，以為蜺墮雞化，乃婦寺干政之所致，言頗切直。帝覽奏嘆息，因起更衣。

第三節　布局的特性

除了衝突，我們還要看看一個文本的組織、結構。這就是探討它的布局。布局有以下四個特質：

（一）選擇性：在一個情節中不必將人物的生活細節盡訴無遺。情節中的每一部分都必須是整體中的有機體。

（二）連貫性：情節是由有因果關係的事件及某些原則連貫起來的事件組成。

（三）可繁可簡：情節可能很簡單，也可能很複雜。有時一個次情節（sub plot），或數個次情節會內嵌於一個大的情節中。有時又會在一個已內嵌入一個大情節中的中情節內嵌入一個次情節，次情節中又會內嵌入次次情節

（sub sub plot），如此類推，構成一個鳥巢（nest）式
的結構。

（四）有始有終：情節需要有一定程度的廣度。有「開
端」、「中段」和「結局」。故事在開端時是無需跟隨任
何其他事件，但先有一個懸案。這個懸案或是一個期望，
或是一個待解決的難題，或一個缺乏等。接著可以是一些
闡述或解釋。然後進入中段，情節逐漸變得緊張，期間會
出現障礙和衝突，阻撓事情的解決。最後是結局，提出解
決問題或解除缺乏的方法，又或者好夢成真；但也會不幸
地以上的情況無法實現，而停留在一個悲劇的局面。

第四節　布局與糾葛

我們如果想分得精確點，可以把以上的三段再細分成
五段：

（一）破題：就是寫這個「糾葛」的背景，描寫那些
使它產生的條件。

（二）開端：就是這個「糾葛」，開始時的那些事件。

（三）發展：就是「糾葛」開始後的一個事件接著一
個事件如何向前發展。

（四）頂點：有時我們把它稱爲「高潮」（climax），
就是「糾葛」發展到一個最緊張的關頭。

（五）終局：是頂點以後，整個「糾葛」所造成的情況。

　　這只是指敍事文體的情節所包含的幾個組成部分。實際上，敍事文體裡事件的安排，並不一定按照以上所說的五段式這種固定的程序。有些，破題放在終局之後；有些，先說出終局，再倒敍它的開端和發展；也有些，把破題這一部分省掉了。但無論如何，每一個敍事體的文本的事件安排，必須要能作到表現出某一種「衝突」的比較完整的片段。

第五節　核心事件與附屬事件

　　一部敍事作品含有大大小小許多事件，它們的重要性及其在情節發展中的的地位並不相同，事件有「核心事件」（Kernels）和「附屬事件」（Satellites）之分。前者是推動故事進展的必要環節，直接關係到情節演變的可能性與發展方向；後者通常與情節的演變無關，只能使故事的意義趨於顯豁和豐富化，或使人物的性格更加生動明晰。前者在故事中占有舉足輕重的地位，假如被刪掉，就會妨礙敍事的既定邏輯；後者只占次要地位，即使刪除，也無礙基本情節的演變，只是影響內容的多樣性和審美的感染力。

　　核心事件一經確定，附屬事件的描寫範圍就被規定下來。附屬事件不涉及選擇情節主線問題，僅僅在核心事件

規定的範圍內發揮作用。這兩類事件相互關係可歸納如下：它們是相輔相成的，若離開核心事件，故事的連貫性會遭到破壞；而缺少了附屬事件，故事的豐富意蘊和生動性就可能受到損失，因此二者缺一不可。但綜合權衡它們在敘事文本中的功能，應當說，核心事件是更基本的情節單位，比附屬事件重要了一些。大家要留意的「核心事件」是由「構思內核」孕育出來的。所謂「構思內核」，有其特定的涵義。它不是創作過程中作者抽象的寫作意圖，也不是經過了概括的主題思想，而是一個能用一兩句話就可歸納的思想與形象初步結合的意象實體。

我們試查考一下，《聊齋志異》的〈仙人島〉的構思內核，一位仙子對那持才傲物的所謂才子，憑著她的才志，把他馴服，而所謂正統的經典也可被作出調侃及另類的解釋。故事是寫以中原才子自居的王勉來到仙人島，炫耀自己的閫墨，卻受到島上仙女芳雲、綠雲嘲弄。兩個仙女不僅嘲笑夜郎自大的王勉，還乾脆嘲笑、歪曲儒家經典。故事可分七個情節：

（一）王勉遇道士獲邀前往赴盛宴。

（二）回程遇險，掉落海中，蒙一少女明璫救助至仙人島。

（三）初見島主，即被其兩位女兒，芳雲綠雲戲弄。

（四）與芳雲婚後因想與其丫環明璫相通，再被芳雲

戲弄。

（五）因與明璫偷情，以至「前陰盡縮」。芳雲就稍改《孟子・離婁》的而成「胸中不正，則瞭子眸焉。」瞭子是男子生殖器的諧音，「眸」字讀作「沒」字。來諷刺丈夫。

（六）最後芳雲還是為丈夫治療，用《詩經・黃鳥》「黃鳥黃鳥，無止于楚。」探衣而咒，以樹名「楚」代替痛楚。王勉因此大笑而痊癒。

（七）王勉思鄉而芳雲隨行，待王勉的父親去世，而兒子長成，才離去。在這七項附屬事件中，由第三節至第六節都與那構思內核緊扣。一、二及第七節只是為了使布局的有始有終吧了。

第六節　轉接手法

敘事作品中，因為情節的發展，在理念與理念間，場面與場面間，都需要聯繫，正像一個家庭的成員如果沒有藉以溝通思想和增進了解的情感橋樑，勢必沒有協調之可言。所以一篇敘事作品的情節與情節間，也需要協調的轉接，這樣才可以發展暢順。情節間的轉接，大概有以下幾種：

（1）時間轉接：任何轉接，敘事者多在接近新段落或

新段落的開頭而活動開展之前，把變更交代明白。

例如：古華的《芙蓉鎮》：

> 這席談話，使得李國香大有收獲，掌握了許多寶貴的第一手材料。吊腳樓主確是鎮上一個人才，看看通過這場運動的鬥爭考驗，能不能把他培養起來。半個月後工作組把全鎮大隊各家各戶的情況基本上摸清楚了。但群眾還沒有發動起來，於是決定從憶苦思甜，回憶對比入手，激發社員群眾的階級感情。具體措施有三項：一是吃憶苦餐，二是唱憶苦歌，三是舉辦大隊階級鬥爭展覽分解放前、解放後兩部分。解放前的一部分需要找到幾樣實物；一床爛棉絮，一件破棉襖，一隻破籃筐，一根打狗棍，一隻半邊碗。

作者古華用上了「半個月後」清楚交代了時間的轉接。

（2）地點轉接：轉移地點絕不可不用轉接加以說明。地點轉接常伴隨著時間轉接，因為從一地轉到另一地需要經過時間，例如：沈從文的《邊城》：

> 有人帶了禮物到碧溪岨，掌水碼頭的順順，當真請了媒人為兒子向渡船的攀親戚來了。老船夫慌慌張張把這個人渡過溪口，一同到家裡去。翠翠正在屋門前剝碗豆，來了客並不如何注意。但一聽到客人進門說「賀喜賀喜，」心中有事，不敢再蹲在屋門

邊，就裝作追趕菜園地的雞，拿了竹響篙刷刷的搖著，一面口中輕輕喝著，向屋後白塔跑去了。

地點由：「碧溪岨」的彼岸—來到了「溪口」—返「家裡」—來到「屋門邊」—再到「菜園」—向著「白塔」跑去。

（3）情緒或心境轉接：此種轉接的訣竅在於如何使劇烈的心境改變顯得自然而令人置信。我們要留意可信的連貫性和敍事者如何設計意念間的接續。

例如：白先勇的《金大班的最後一夜》：

「怎麼了，紅舞女？今晚轉了幾張檯子了？」金大班看見朱鳳進來，黯然坐在她身邊，沒有作聲，便逗她問道。剛才在狀元樓的酒席上，朱鳳一句話也沒說，眼皮蓋一直紅紅的，金大班知道，朱鳳平日依賴她慣了，這一走，自然有些慌張。

「大姐──」

朱鳳隔了半響又顫聲叫道。金大班這才察覺朱鳳的神色有異。她趕緊轉過身，朝著朱鳳身上，狠狠的打量了一下，剎那間，她恍然大悟起來。

「遭了毒手了吧？」金大班冷冷問道。

近兩三個月，有一個在臺灣大學唸書的香港僑生，夜夜來捧朱鳳的場，那個小廣仔長得也頗風流。金

大班冷眼看去，朱鳳竟是十分動心的樣子。她三番
四次警告過她：闊大少跑舞場，是玩票，認起真來，
吃虧的總還是舞女。朱鳳一直笑著，沒肯承認，原
本卻瞞著她幹下了風流的勾當，金大班朝著朱鳳的
肚子盯了一眼，難怪這個小娼婦勒了肚兜也要現原
形了。

「人呢？」

「回香港去了。」朱鳳低下了頭，吞吞吐吐的答道。
「留下了東西沒有？」金大班又追逼了一句，朱鳳
使勁的搖了幾下頭，沒有作聲。金大班突然覺得一
腔怒火給勾了起來，這個沒耳性的小婊子，自然是
讓人家吃的了。她倒不是為著朱鳳可惜，她是為著
自己花在朱鳳身上那番心血白白糟蹋了，實在氣不
忿。好不容易，把這麼個鄉下土豆兒脫胎換骨，調
理得水蔥兒似的，眼看著就要大紅大紫起來了。連
萬國的陳胖婆兒陳大班都跑來向她打聽過朱鳳的身
價。她拉起朱鳳的耳朵，咬著牙齒對她說：「再忍
一下，你出頭的日子就到了。玩是玩，耍是耍。貨
腰孃第一大忌是讓人家睡大肚皮。舞客裡那個不是
狼心狗肺？那怕你紅遍了半邊天，一知道你給人睡
壞了，一個個都捏起鼻子鬼一樣的跑了，就好像你
身上沾了雞屎似的。……」金大班冷笑了一下，
把個粉撲往枱上猛一砸……。金大班霍然立了起

來……狠狠啐了一口，……金大班擂近了朱鳳的耳根子喝問道。……金大班這下再也耐不住了，她一手扳起了朱鳳的下巴，一手便戳到了她眉心上，……金大班也不理睬她，逕自點了根香烟猛抽起來。

金大班最初試圖逗朱鳳開腔，想討她的歡心，後發現了她懷孕，覺得自己的心血遭糟蹋了，而怒火逐步升起，最後發覺朱鳳愛上了那個香港僑生，「金大班暗暗嘆息道，要是這個小婊子真的愛上了那個小王八，那就沒法了。」白先勇把金大班的這種情緒與心境的轉接寫活了。

（4）視點轉接：

魯迅先生的《徬徨‧示眾》，既是示眾，視點的轉移自然不言而喻了。

> ……在電桿旁，和他（一位十一二歲的胖孩子）對面，正向著馬路，其時也站定了兩個人；一個是淡黃制服的掛刀的面黃肌瘦的巡警，手裡牽著繩頭，繩的那頭就栓在別一個穿藍布大衫上罩白背心的男人的臂膊上。這男人戴一頂新草帽，帽簷四面下垂，遮住了眼睛的一帶。但胖孩子身體矮，仰起臉來看時，卻正撞見這人的眼睛了。那眼睛也似乎在看他的腦殼。他連忙順下眼，去看白背心，只見背心上一行一行地寫著些大大小小的什麼字。刹時間，也就圍滿了大半圈的看客。待到增加了禿頭的老頭子

之後，空缺已經不多，而立刻又被一個赤膊的紅鼻子胖大漢補滿了。這胖子過于橫闊，占了兩人的地位，所以續到的便只能屈在第二層，從前面的兩個頸子之間伸進腦袋去。禿頭站在白背心的略略正對面，彎了腰，去去研究背心上的文字，終於讀起來——

喂，都，哼，八，而……

（5）人物轉接：是為了使一個人物的轉變（外型或內在）顯得平易自然。

例如：在〈故鄉〉一文中魯迅先生在開始時花了不少篇幅，回憶閏土兒時可愛可親的形象，到了回鄉再見時便有以下的一番說話：

這來的便是閏土。雖然我一見便知道是閏土，但又不是我記憶上的閏土了。他身材增加了一倍；先前的紫色的圓臉，已經變作灰黃，而且加上很深的皺紋；眼睛也像他父親一樣，周圍都腫得通紅，這我知道，在海邊種地的人，終日吹著海風，大抵是這樣的。他頭上是一頂破氈帽，身上只一件極薄的棉衣，渾身瑟索著；手裡提著一個紙包和一支長煙管，那手也不是我所記得的紅活圓實的手，卻又粗又笨而開裂，像是松樹皮了。

第七節　糾葛是情節推進的動力

　　敍事文的情節，要能表現出生活中的「衝突」（或稱「糾葛」）。透過第二節，我們明白了生活中的各種糾葛；透過第四節，我們初步了解了糾葛在情節中發展所擔當的角色。現在我們較爲深入看看糾葛是情節的推動力。

　　在生活中，主觀的意欲和客觀的條件，經常發生糾葛。我們觀察一篇敍事文本，我們不只觀察這文本的表面，還要觀察到表面的背後，有一種動力，推動一切事物的發展，和演變。這種動力就是我們所說的「糾葛」。

　　我們所面對的客觀環境未能配合我們的主觀意欲，糾葛便產生。爲什麼不能配合，就是客觀環境存在若干「障礙」（obstacle），妨礙我們的意欲進展。情節的推進就是試圖消除這些障礙，在消除的過程中，便產生種種的糾葛。到情節終局時，種種障礙都已消除，萬事皆如人意，那便喜劇收場；否則到了終局，障礙還有很多存在，那便要悲劇終局了。所以說糾葛是情節推進的動力。糾葛具體的表現是「風波」，我們且看魯迅先生在他的《吶喊·風波》如何把「糾葛」用在情節的推進上。

　　〈風波〉有一歷史背景，就是描寫當時鄉村還籠罩在「張勳復辟」的陰影下，故事用「皇帝坐龍庭」做線索，「辮子」便是故事的「眼」了。「風波」起來時，趙七爺氣焰高漲，七斤非常憂愁，七斤嫂埋怨，村人覺暢快，帶有幸

災樂禍的心理。村裡除了主角七斤是勇敢的，他敢罵趙七爺爲「賤胎」，不怕剪去辮子，撐船冒險進城去。剪去辮子和撐船進城擴闊自己的視野，是七斤的意欲。他要面對的障礙，首先是被人愚弄得麻木了的妻子，七斤嫂。其次是保守的「不平家」類型的婆婆，九斤老太。但最要命的是封建統治的擁護者，遺老臭味十足甘心做奴隸，而自以爲有學問的趙七爺。七斤便憑著他的意欲，沿著情節去接觸這些障礙，而生出糾葛，引發風波。由於七斤嫂只是沒有主見，被八一嫂點醒，九斤老太，只是老而不死，障礙容易消除。至於趙七爺雖然在土場的受人「敬畏」，且令人氣憤，但由八一嫂指出「衙門裡的大老爺沒有告示」，而七斤幫人撐航船，每早從魯鎮進城，因此知道些時事，也受到相當的尊敬，再由於七斤的堅持繼續出城，再沒聽到「皇帝坐了龍庭」，於是障礙不攻自破。趙七爺的辮子又盤在頂上，而且躲在店裡不敢出頭；七斤又受到相當的尊敬，相當的待遇。障礙消除，風波平息，喜劇收場，使人感到痛快。

第八章　時序

　　敘事是一組有兩個時間的序列：卽事發時間與敘事時間。這種雙重性，使一切時間畸形成爲可能，它是敘事手法的組成部分，所以有順時與錯時等的現象。

第一節　順時：順序及平序

　　順時是指文本時間與事發時間的發展順序相一致。順時又可分爲順序和平序。

　　（1）順序是指文本時間與事發時間的發展順序相一致的單線發展。

　　順序是敘事體用得最多的手段。尤其是記載人物一生的事迹。我們可以看一篇記載在《喻世明言》第十八卷〈楊八老越國奇逢〉，小說的正話開篇寫道：

> 話說元朝至大年間，一人姓楊名復，八月中秋節生日，小名八老，乃西安府周至縣人氏。妻李氏，生子才七歲，頭角秀異，天姿聰敏，取名世道。

　　接著寫楊八老因家計消乏，隻身前往閩廣經商，在漳浦入贅檗氏，生下一子。三年後因思家，遂別檗氏回鄉。不料途中遇倭寇，被掠入日本國爲奴。十九年後因隨倭寇入侵中土，得以逃脫，並巧與已作了郡丞和太守的二子相遇並相識，合家團圓，結尾寫：

> ……檗太守和楊郡丞一起備個文書，到普花元帥處，

述其認父始末，普花元帥奏表朝庭，一門封贈。璧
世德復姓歸宗，仍叫楊世德，八老在任上安享榮華，
壽登耆耊而終。……

　　這篇小說從楊八老的出生寫到死，從小說的主體部分
乃是寫八老被倭寇所掠和從倭寇手中逃脫得救並與二子巧
遇的情節看，雖然其開頭和結尾乃屬贅筆，正如我在第七
章第五節談到〈仙人島〉時一樣，作者只是為了使布局能
夠有始有終吧了。而作品中〈楊八老越國奇逢〉的整段文
本時間是與八老一生的發展（即事發時間）是一致的。

　　（2）平序又可稱為分敘，是指敘事者在同一文本時間
內講述不同空間或不同線索的事件的敘事方式。在同一故
事時間內，可能會同時發生許多事件，但敘述者卻只能先
講述其中的一件，然後再回過頭來講述另一件。這實際上
也是一種時間的倒錯，由於它不是同一線索事件的逆時序，
所以有別於插敘和倒敘，平敘與敘事視點有密切的關聯，
當敘事視點頻繁轉換時，平敘便成為必不可少的敘事方式。
因而可以說平敘是解決敘事文字作品中時空關係的有效手
段。中國小說頗喜歡以「話分兩頭」用在平敘上。

　　在《水滸傳》第四十八回中有一段顯著的平敘，就是
在初打祝家莊的同時，登州卻有事故發生。

　　話說當時吳學究對宋公明說道：「今日有個機會，
卻是石勇面上來投入夥的人，又與樂延玉那廝良好，

亦是楊林鄧飛的至愛相識，他知道哥哥打祝家莊不
利，特獻這條計策來入夥，以為進身之禮，隨後便
至，五日之內可行此計，卻是好麼？」宋江聽了大
喜道：「妙哉！」方才笑逐顏開。原來這段話正和
宋公明初打祝家莊時一同事發。

所以有分析此段敘事的前人有以下的一番分析。

看官牢記這段話頭，原來宋公明初打祝家莊時，一
同事發，卻難這邊說一句，那邊說一句，因此權記
下這兩打祝家莊的話頭，卻先說那一回來投入伙的
人乘機會的話，下來接著關目。

學者明確告訴讀者為什麼要運用平敘的方式，因為只
有將這件事講述明白，才能回過頭來講三打祝家莊。這兩
件事不是同一線索，因而不能視為插敘。

第二節　錯時：預序、倒序、插序

錯時是指文本時間與事發時間的發展順序不一致。錯
時的情況較多種類，但主要的不外是倒序、預序及插序。

（1）預序指的是事先講述或提及以後事件的敘事活
動，它是一種提示。

《紅樓夢》第五回作者借助寶玉神遊太虛，預敘了
十二金釵的命運便是一個很好的例子。第十八回，為迎接

元春省親，王夫人答應林之孝家的請妙玉主持櫳翠庵：

> 次日遣人備車轎去接等後話，暫且擱過，此時不能
> 表白。

（2）倒序（或可稱爲插序），就是把敍事時間倒轉，追溯往事以作補述。插序是對原有線性時序的破壞，它的功能一方面可以交代人物的來歷、事件的源由，另一方面可以補充交代人物的結局，和事件發展的結果。

《紅樓夢》第七回焦大借酒鬧事，尤氏向鳳姐講述焦大的來歷，其實是借插敍焦大的來歷，來揭露寧、榮二府的齷齪不堪。第三十八回賈母自述年幼時墮水傷額的往事，使我們對賈母有多一些了解。

第三節　錯時現象進一步分析

傳統的敍事方式多是敍事時間與事發時間重合，只表現出時間的一維性和矢方性質，卽它是按照事件的發生、發展、高潮、結局這樣的時間順序來講述故事。而後世的敍事者會嘗試打破事發的時間流程，甚至大幅度切割和懸疑事發時間，使受敍者難以從文本中直接獲得事發的本來時間接續面貌。這種錯時如上面的預序、倒序或插敍比較簡單外，如果遇到較爲複雜的則可運用法國，熱拉爾‧熱奈特《敍事話語‧新敍事話語》的分析方法，就是分別用（一）、（二）、（三）、⋯⋯來標明這篇敍事的敍事時間；

和用 A、B、C、D……來標明這篇敘事的事發時間。讓我們用以下兩個例子以說明之。

例一：《喻世明言・沈小官一鳥害七命》：

（一）開頭簡略介紹了沈小官喜歡玩畫眉後，便告訴人們，「**不想這沈秀一去，死于非命。**」B。

（二）沈秀來到柳樹林時，人們已經散去，他正要離開，忽然小肚子一陣疼，趺倒在柳樹邊。A。

（三）箍桶的張公爲奪畫眉，殺了沈秀。B 與（一）相銜接。

（四）張公把畫眉賣給了販生藥的李吉，自己回家。C。

（五）沈秀的屍體被人發現，其父沈昱告到官府，並出賞銀緝兇。C 與（四）同時發生。

（六）黃家兄弟二人爲貪圖賞金，竟將親生父親殺死，以其頭冒充沈秀者，竟騙過沈昱及官府。D。

（七）只因沈昱「**看見了自家蟲蟻，又屈害了一條性命。**」F。

（八）沈昱在京城看見了兒子的畫眉，令李吉被捕。E。

（九）官府審訊李吉，李吉被處決。F 與（七）相銜接。

（十）李吉的伙伴因知李吉的畫眉是向張公購得，遂到京城尋找張公，「有分直教此人償了沈秀的命，明白了李吉的事。」I。

（十一）兩人找到張公後，告了官，將張公緝拿歸案。G。

（十二）張公被判死刑，並尋獲沈秀的頭。H〔與（十）相銜接〕。

（十三）黃定家兄弟殺害父親的真相被揭，也遭處決。J。

將上述敘事時間與事發時間排列起來，便可得到：

（一）B（二）A（三）B（四）C（五）C（六）D（七）F（八）E（九）F（十）I（十一）G（十二）H（十三）J。

我們可以發現，敘事時間可分 13 段；而事發時間則只有 9 段，其中有 8 個敘事時段是兩兩重疊的時段，而事發時間總是滯後於敘事時間，也就是說，敘述者不止一次打亂事發的自然時間，將結果先告訴受敘者，然後再敘述事件的經過。這對於加強讀者期待的心理起到重要的作用。

例二：《喻世明言・蔣興哥重會珍珠衫》：

其中一段：

【1】（一）光陰如箭，不覺周年已到。興哥祭過了

父親靈位，換去粗麻衣服，再央媒人王家去說，方才依允。（二）不隔幾日，六禮完備，娶了新婦進門。【2】（三）有〈西江月〉為證：孝幕翻成紅幕，色衣換去麻衣。畫樓結彩燭光輝，合巹花筵齊備。那羨妝奩富盛，難求麗色嬌妻。今宵雲雨足歡娛，來日人稱恭喜。【3】（四）說這新婦是王公最幼之女，小名喚做三大兒；因他是七月七日生的，又喚做三巧兒。【4】（五）王公先前嫁過的兩個女兒，都是出色標致的。（六）棗陽縣中，人人稱羨，造出四句口號，道是：「天下婦人多，王家美色寡。有人娶著他，勝似為駙馬。」【5】（七）常言道：「做買賣不著，只一時；討老婆不著，是一世。」若干官宦大戶人家，單揀門戶相當，或是貪他嫁資豐厚，不分皂白，定了親事。後來娶下一房奇醜的媳婦，十親九眷面前，出來相見，做公婆的好沒意思。又且丈夫心下不喜，未免私房走野。偏是醜婦極會管老公，若是一般見識的，便要反目；若使顧惜體面，讓他一兩遍，他就做大起來。【6】（八）有此數般不妙，所以蔣世澤聞知王公慣生得好女兒，從小便送過財禮，定下他幼女與兒子為婚。【7】（九）今日取過門來，果然嬌姿豔質，說起來，比他兩姐兒加倍標致。

　　這是講述蔣興哥將王三巧迎娶回家的簡短片段，可區分 7 個敘述段。而事發時間的自然順序應該是：A 王三巧

的出生與命名。B 蔣興哥之父從小爲其向王家訂親。C 王公嫁了兩個女兒。D 蔣興哥娶妻。值得注意的是，這個片段中的【2】（三）和【5】（七）都是敍述者的再描述或議論，它客觀上只占據敍事時間，不屬於事發時間，我們用 ※ 標示。當我們將兩個時序加以排列如下：

　　【1】D —【2】※ —【3】A —【4】C —【5】※ —【6】B —【7】D

　　但如果我們細究點把【1】中分爲（一）、（二），因爲（一）、（二）是順序的兩件事；【4】中（五）是述王公嫁女，而（六）是棗陽縣的縣民對這件事的反應，看成是獨立的兩段，我們便有下列的安排：

　　（一）D —（二）D —（三）※ —（四）A —（五）C —（六）C —（七）※ —（八）B —（九）D

　　很明顯，這 9 個敍事段並不處於同一時間位置上。它的頭（一）與（二）和尾（九）講述的是現在的事件，互爲呼應；頭之後繼之以一段詩歌形式出現重複性描述（（三）※，尾之前也有一段敍述人議論（七）※），它阻隔了事發時間的順暢向前，起到的是延至事發時間的作用；中間則是一個倒序（（四）A、（五）C、（六）C），如果不是屬於倒序層次中的（八）B 被分割至（七）※ 的後面，這個敍事片段的時間順序是一個完美的馬鞍型。

第九章　背景

　　在敍事文學中，背景爲人物行爲和糾葛衝突提供了必不可少的場合或處境。戲劇觀衆很容易理解背景的重要性，因爲從來不存在沒有背景的演出，即使實物的布景如何簡陋，演員也可憑他們高超的「造手」把背景向觀衆揭示出來。所以曾經有一位小說理論家，給背景下過這樣的定義：

> 背景或稱境具；這一名詞，如果用科學的術語來說，便是環境；用哲學的術語來說，便是外圍；用戲劇的術語來說，便是舞台上的布景，可以包括前景，中景和後景之類；用天文地理的術語來說，也可以包含外圍、空氣、氣氛之類的意思。總之：背景是表現人物和事件所必備的要素之一。

第一節　自然的背景

　　空間的自然背景：人類是生存在天地之間，其中風景、山川、河流、日月、星宿和動植物等等都是。敍事者便在這自然空間中、把他所敍述的情節在其中運行，不同的自然背景又往往影響了情節的不同推進，因而產生不同的果效。

　　例一：《水滸傳》吳用智取生辰綱是一個膾炙人口的片段：

　　楊志的高度警惕，但終讓晁蓋等人得逞，其中一個原

因就是在當時的自然環境中，使楊志無奈地鬆懈下來。施耐庵借助一位漢子把環境哄托出來：

> 赤日炎炎似火燒，野田禾稻半枯焦，農夫心內如湯煮，公子王孫把扇搖。

例二：《西廂記·長亭送別》也有一段藉自然環境製造離別的氣氛。崔鶯鶯唱道：

> 碧雲天，黃葉地，西風緊，北雁南飛，曉來誰染霜林醉？總是離人淚。

敘事者勾出幅由碧雲、黃葉、西風、歸雁、霜林構成舞台空間，為繪畫或道具式的霜林布景所難以替代！

例三：武松打虎：

武松打虎成了民間不畏強權，險境的一項圖騰。羅貫中借助自然界的一頭老虎作為背景，讓這個圖騰在其中勾劃出來。作者用上了兩個步驟把這隻虎的舞台，讓武松在其中充分顯出他的威猛，顯出他光彩照人的英雄形象。他用上了我在第四章所提過所謂講述（telling）和顯示（showing）的手法，把舞台搭起。首先透過酒家的口把老虎的兇悍講述出來：

> 如今前面景陽岡上有隻吊睛白額大蟲，晚了出來傷人，壞了三二十條大漢性命。官司如今杖限獵戶擒捉發落。岡子路口都有榜文；可教往來客人結夥成

隊，於巳午未三個時辰過岡；其餘寅卯申酉戌亥六
個時辰不許過岡。更兼單身客人，務要等伴結夥而
過。這早晚正是未末申初時分，我見你走都不問人，
枉送了自家性命。不如就我此間歇了，等明日慢慢
湊得三二十人，一齊好過岡子。

作者再用顯示，描述出那老虎如何兇猛。當武松來到
岡來打算休息：

只見發起一陣狂風。那一陣風過了，只聽得亂樹背
後撲地一聲響，跳出一隻吊睛白額大蟲來。

至於那老虎「那大蟲又餓，又渴，把兩隻爪在地上略
按一按，和身望上一撲，從半空裡攛將下來。」

當武松閃過了那大蟲，

「那大蟲背後看人最難，便把前爪搭在地下，把腰
胯一掀，掀將起來。」「大蟲見掀他不著，吼一聲，
卻似半天裡起個霹靂，振得那山岡也動，把這鐵棒
也似虎尾倒豎起來只一剪。」

作者就是用上了老虎的「一撲，一掀，一剪」把武松
所處的險惡環境表達得詳盡無遺。在這個驚心動魄的背景
中，武松的大無畏，機警豪邁的過性也表露無遺，為梁山
泊一百零八條好漢的不畏強權的英雄本色，作了高度概括
和形象化作了一項有血有肉的生動表述。

第二節　物質的背景

物質的背景——就是人為經過加工的物質，例如田園、街道、房屋以及室內的一切布置和日常生活不可缺少的東西，都屬於這一類。

描寫物質環境，也是與描寫自然環境一樣，只要與人物有關係的，那怕小到一枝繡花針，也不能疏忽遺棄它；否則，即使一座高聳入雲的大廈，對於所敍的東西都是一種累贅。

例一：《三國演義》第四十二回〈張翼德大鬧長坂橋〉：

人類加工建成房屋、道路、橋樑等，房屋可保護我們，道路、橋樑可供交通，但道路、橋樑又可供逃生之用，而橋樑比道路逃生得更徹底，更安全。劉備為逃避曹軍的追趕，火燒新野，直奔夏口，如果逃不到夏口，被曹軍擒獲，赤壁之戰就打不成，鼎足三分的局面便不會形成，歷史便要改寫。陳壽沒有忽略這個如此關鍵的時刻，所以《三國志·蜀書六》便有：

> 先主聞曹公卒至，棄妻子，使飛將一十騎拒後。飛據水斷橋，瞋目橫矛曰：「身是張益德也，可來共決死！」敵皆無敢近者，故遂得免。

羅貫中把蜀書中這一個「橋」化出「十九 – 橋」，更加上三道浮橋，他把這個「橋」化成：「長坂橋」、「橋

邊」、「橋上」、「橋」、「橋東」、「橋西」、「橋頭」、
「橋樑」、「斷橋」等構成劉備得以逃生，終成蜀帝是端
賴張飛的智勇這一項敍事的物質背景，築成他敍事的舞台。
讀者可自行在原文中好好的欣賞羅貫中如何在這物質的背
景中，施展他敍事的本領，實在令人欣慰。討論過作者如
何建構他的物質背景後，不妨岔開一筆，不知羅貫中是否
爲了贏取讀者對這件神奇的敍事的信賴，還是有意減弱張
飛對這件事的功勞，所以又在正史之外添上了，曹操顧忌
孔明的謀略，和相信關雲長對張飛的評價，以致曹大軍不
敢前進。本來這也無可厚非，但他更加上：

> 玄德曰：「曹操多謀，汝不合拆斷橋樑，彼必追至矣。」

接著更寫上翼德的愚笨對答，及劉備的料事如神，褒
劉貶張，便對張飛很不公平了。羅貫中褒劉貶張早有前科，
在第二回本來是鞭杖督郵的是劉備所爲，但他卻把這一魯
莽歸咎於張飛，使人把張飛看成有勇無謀，脾氣暴躁的漢
子。由此觀之，透過不同的敍事者，不同的好惡，令到事
發事件與敍事事件有如此巨大的落差，又實在令人遺憾。

例二：《古今小說》第三十六卷〈宋四公大鬧禁魂張〉：

馮夢龍在《古今小說・宋四公大鬧禁魂張》布置了一
個土庫作爲背景展開宋四公與禁魂張之間的糾葛。他借助
一位婦人，把這個背景的土庫描述出來：

> 公公出得奴房，十來步有個陷馬坑，兩隻惡狗。過
> 了便有五個防土庫的，在那裡吃酒賭錢，一家當一
> 更，便是土庫。一個紙人，手裡托著個銀球，底下
> 做著關梜子。踏著關梜子，銀球脫在地下，有條合
> 溜，直滾到員外牀前，驚覺，教人捉了你。

作者透過這背景，顯出張員外的高度吝惜，連睡覺也不得安寧。在這個背景中，宋四公施展出他的機警敏捷行為。他在進入張府前，「**夜至三更前後，向金梁橋買上四文錢買隻焦酸餡，揣在懷裡。**」以員外的禁衛森嚴，看門狗是少不了的。來到張府，「**宋四公取出蹊蹺作怪的動使，一掛掛在屋簷上，從上面打一盤，盤在屋上，從天井裡一跳，跳將下去。**」他不只工具整全，動作熟練，接下去破解一串的戒備，更顯得聰敏過人。他細心繞過陷馬坑，用帶來的焦酸餡解決了兩條惡狗。點燃悶香，悶倒五個守土庫的警衛，來到土庫門前，「**見一具胳膊來大三簧鎖，鎖著土門。**」他便取出「百事和合」把鎖開了，進入土庫。先從紙人手裡拿了銀球，然後才踩那些關梜子，輕易拿走員外的五萬貫錢財。作者利用土庫這個物質背景，生動的張顯出張員外的高度吝惜和宋四公的機警敏捷。

例三：《水滸》六十四回：

施耐庵布置了一把「油晃晃的刀」為背景，把張順如何努力為了求安太醫醫治宋公明的背瘡的敘事藉著這把刀

而展開。張順求安太醫前往醫治宋江，但安太醫卻被娼妓李巧奴纏著，所以便在半夜把那個李巧奴的母親虔婆等人殺掉，嫁禍安太醫。在第六十四回有以下幾句：

> 張順俏俏開了房門，趲到廚下，見一把廚刀，油晃晃放在灶上，……

這幾句，乍看十分平常，但仔細品味，卻包含有相當生活容量。其中，「廚刀，油晃晃」，更見作者語言的功力。第一，張順是在三更時分來殺人的，由於目的性強，來到廚下唯見廚刀。刀可殺人，故這個物質背景與整段敍事扣得十分緊密。第二，這個物質背景更要與當時敍事的時間配合，說「油晃晃」，張順才可在這三更黑漆漆的環境中看到這把刀，給這個敍事提供了可信的依據。第三，說「油晃晃」不說「明晃晃」，主要是配合娼妓李巧奴的煙花人家廚房之物，經常有油腥在上面。平常百姓家的飲食要清淡得多了。第四，既是「油晃晃」便是普通的廚房用具，而非「明晃晃」的鋒利殺人武器，所以才有「要殺使喚的時，原來廚刀不甚快，砍了一個人，刀口早捲了。」作者就是利用這「油晃晃的刀」的背景，托出張順的機智，任何不是用來打鬥的東西到了他的手中便可變成殺人武器，真不愧是「黑白水陸雙煞」。

第三節　時代、社會的背景

　　小說是一種敘事文體，所以必與時代相涉。時代可分過去的，現在的和未來的。因過去發生的事件十分豐富，便於寫實；現在的比較親切，而未來的則因事情尚未發生，便要靠想像了。每一部作品，都應該富有濃厚的時代性，使讀者看了，等於讀了一部歷史，每部作品更不能忽視它的時代精神。而以未來作爲背景，它的時代精神，便是作者心目中所追慕的精神。不過這種敘事作品屬於小說而非歷史，則是否現代抑或過去，便不必太過講究。比如由名作家喬治・奧威爾 George Orwell 的小說在 1949 年出版的《1984》在他寫時可視作未來，但以今日廿一世紀觀之，又可否歸入過去式，實在值得斟酌。

　　時代與社會是息息相關的，不能分離，時代背景講究精神，偏於抽象；而社會背景則較爲具體。不同的時代有不同的社會背景，但社會背景不只涉及時代，它還涉及空間，有描寫都市的，有描寫農村的，甚至於涉及階級如描寫貴族的，描寫平民的。更有涉及戰爭的，甚至偵探、犯罪的。所以社會背景是涉及融合時空等多元因素的融合體，是背景中最爲重要的一種。有了各式各樣的舞台，事件便可以在其中活動，表演了。

　　例一：《三國演義》＿尊劉貶曹：

　　《三國演義》既是一本典型的歷史小說，所以它的時

代背景對整本小說至關重要。東漢後期，由於較少長命帝皇，故外戚與宦官交替弄權，互相明爭暗鬥。另一方面，東漢統治者都大力提倡儒學，廣開士人利祿之途，形成了士人經濟。一群知識分子，因不滿宦官專橫，又成了「黨錮之禍」。漢桓帝時權歸宦官，而漢靈帝時有十常侍橫徵暴斂，賣官鬻爵，以至民不聊生。所以民間有不滿者私造黃旗，號召弟兄暗通中涓以爲內應，故有黃巾之禍，演義就由此時代背景而展開。作者在開宗明義也交代得十分清楚。有云：

> 話說天下大勢，分久必合，合久必分……後來光武中興，傳至獻帝，遂分爲三國。推其致亂之由，殆始于桓、靈二帝。桓帝禁固善類，崇信宦官。及桓帝崩，靈帝即位，大將軍竇武，太傅陳蕃，共相輔佐。時有宦官曹節等弄權，竇武、陳蕃謀誅之，機事不密，反爲所害，中涓自此愈橫。

例二：《聊齋誌異・促織》：

〈促織〉是《聊齋誌異》的名篇，它是以明宣宗喜鬥蟋蟀的史實作爲背景，與《水滸傳》以當時貴族沉迷於蹴氣毬的遊戲爲背景有異曲同工之妙。沈德符《萬歷野獲編》有云：

> 我朝宣宗最嫺此戲，曾詔蘇州知府況鍾進千個。一時「促織瞿瞿叫，宣德皇帝要。」

　　蒲松齡可能受到這個時代的背景所啓發，透過他對中國歷代的體察，如宋朝王室沉迷於蹴氣毬的遊戲，而使到高俅這個市井流氓也可位貴太尉。所以〈促織〉絕不僅僅是歷史的簡單敷衍，而是經過對歷代歷史的深刻觀察、體驗、分析、認識，對生活進行精心的藝術提煉的結晶。所以寫出宣德間皇帝喜歡鬥促織的遊戲，每年向民間征收，下級官吏便逼百姓交納。爲了交納一頭善鬥的蟋蟀，善良的成名被逼家破人亡。以至兒子的靈魂化作一頭善鬥的蟋蟀，被召入宮廷，此蟋蟀不只善鬥，更能「每聞琴瑟之聲，則應節而舞。」所以「上大悅」，重賞撫臣，撫臣又提拔縣宰，縣宰又免去成名的役事，成名經此一役，無多年，家肥屋潤，喜劇收場，但過中所經的悲苦，也異常感人。所以異史氏曰：「聞之一人飛昇，仙及雞犬，信夫。」

　　例三：《古今小說（四十卷）‧沈小霞相會出師表》：

　　〈沈小霞相會出師表〉是馮夢龍所編的《古今小說》的第四十卷，即全書的最後一卷。這篇小說從另一個側面反映了明代的時代特色，即統治階級內部尖銳激烈的忠奸鬥爭，所以用上了諸葛亮的〈出師表〉作爲小說的眼。明代中期以後，由於封建制度腐敗，最高統治者皇帝的昏庸，造成奸臣當道，朝綱鬆弛，統治階級的內部鬥爭異常尖銳激烈。小說開始有：

　　　　話說國朝嘉靖年間，聖人在位，風調雨順，國泰民

安。只為用錯了一個奸臣，濁亂了朝政，險些兒不得太平。

就是以嚴嵩由當道而後來其子嚴世蕃遭處斬，嚴嵩本人被抄家，發養濟院終老這段時期作爲時代背景，伸展出整個故事的發展。故事中還刻劃出一個小婦人聞淑女的機智與賢淑。這位身爲人小妾，在社會地位極爲低微的婦人的聰慧，與居九五之尊的嘉靖皇帝愚昧荒唐成了一個強烈的對比。且看作者如何把這個愚昧荒唐的歷史背景，迂迴巧妙的揭露出來。首先他把當時的國政歌頌一番，已如上述，但旋即把筆一轉，用上「只爲」二字眞是可圈可點，揭出了奸臣嚴嵩，往後的濁亂朝政，皆由此而起。但關鍵不在朝中是否有嚴嵩等奸臣，因爲尚有如諸葛亮的沈鍊、沈小霞、賈石、馮主事等。可惜就是嘉靖皇帝親小人，遠賢臣；作者就沿著這條路線，把這個歷史背景勾劃出來。如沈鍊上本揭露嚴氏父子欺君誤國之罪，反被皇帝貶謫爲民；嚴氏父子和楊順、路楷迫害沈氏一家的過程中，又兩次寫到「聖旨倒下」，「聖旨下了州里」，都表明他們的罪行得到皇帝的支持。作者最幽默的是指出在整個故事由悲劇轉入喜劇是靠一位方士，由於嘉靖帝信用方士藍道行以扶鸞請仙之術判別輔臣的賢否，這是何等荒唐愚昧，故事中那班蟻民便在這個糊塗的皇帝所建構的歷史背景下受盡痛苦犧牲。

第四節　想像的背景

　　人們往往不能滿足於現實，希望憑想像而跳出，擺脫現實的環境，而踏入他的烏托邦或者桃花源。所以童話、科幻小說，虛擬敘事便接踵而來，使人類可以跳出現實，憑著他們的想像力，翱翔於他們的虛擬出的廣闊空間。於是他們首先要搭起他們的虛擬舞台，建構他們的想像背景。

　　例一：《水滸傳》第四十二回：

　　《水滸傳》是寫實小說，但它並不排斥令人百看不厭的神話和夢幻元素。例如第四十二回，寫宋江回家接老父上山，半途遭縣中衙役追捕，幸得玄女娘娘暗中相助，躲過一劫。整件事件的進行，都是透過一個想像的背景。固然，想像也沿於作者對現實的環境，作出高度的藝術加工。宋江為了躲避衙差趙能而藏身神廚，羅貫中首先把神廚前的兩個泥神，藝術加工，想像出兩個青衣仙童，展出他為宋江與九天玄女相遇這一事件勾劃出一個想像背景。

> 「宋江跟入角門來看時，星月滿天，香風拂拂，四下里都是茂林修竹。」接著「宋江行時，覺得香塢兩行，夾種著大松樹，都是合抱不交的；中間平坦一條龜背大街。」

　　把一座古廟想像成仙境。

> 跟著青衣行不過一里來路，聽得潺潺的澗水響；看

前面時，一座青石橋，兩邊都是朱欄；岸上栽種奇
花異草，蒼松茂竹，翠柳夭桃；橋下翻銀滾雪般的
水。流從石洞裡去。過得橋基，看時，兩行奇樹，
中間一座大朱紅櫺星門。

到此為止，作者都還依傍著古廟加工建構他的想像背
景。以下作者便要無中生有地，想像出他的神殿背景，作
為宋江與九天玄女相遇的舞台，所以有「我生居鄆城縣，
不曾聽得說有這個去處」的說法。「宋江入得櫺星門看時，
抬頭見一所宮殿。」接著看到「有個龍墀，兩廊下盡是朱
紅亭柱，都掛著繡；正中一所大殿，殿上燈燭熒煌。」當
娘娘囑宋江不必多禮，宋江抬頭：

看殿上金碧交輝，點著龍鳳燭；兩邊都是青衣女童，
持笏捧圭，執旌擎扇侍從；正中七寶九龍上坐著那
個娘娘，身穿金縷絳綃之衣，手秉白玉圭璋之器，
天然妙目，正大仙容，口中說道：「請星主到此。」

作者就想像出天宮的巍峨莊嚴的背景，讓玄女賜於宋
江天書，藉著這想像出的背景，襯托出天書的嚴肅的重要
性來。

例二：《聊齋誌異·白于玉》廣寒宮：

我們每在明月當空的晚上，生出無限的暇想，尤其在
悶熱天氣，有所謂：「人間清暑殿，天上廣寒宮」的渴望。

每到中秋，更令我們念及嫦娥。甚至貴爲九五之尊也想去探探玉兔，故開元天寶遺事有云：「明皇遊月宮，見榜曰廣寒清虛之府。」

《聊齋誌異·白于玉》記載吳筠與全城最美之葛氏有婚約，其美貌可謂天下無雙。後來遇到神人白于玉，蒲松齡想像出一個天上廣寒宮，作爲背景，讓吳筠遇到更多美女，更與其中一位紫衣美女有床第之歡，還獲贈金手鐲，然後回到凡間。我們且來看看蒲松齡如何建構這美輪美奐的廣寒宮。吳筠獲童子引領見一朱門，童子曰：

> 「此天門也。」門邊有巨虎蹲伏。接著「見處處風景，與世殊異。童導入廣寒宮，內以水晶為階，行人如在鏡中。桂樹兩章，參空合抱。花氣隨風，香無斷際。亭宇皆紅窗，時有美人出入，冶容秀骨，曠世並無其儔。」又「見簷外清水白沙，涓涓流溢，玉砌雕闌，殆疑桂闕。」

作者把廣寒宮想像得玲瓏剔透作爲背景，讓吳筠與紫衣仙女有床第之歡。待他回到凡間十餘月後，紫衣仙女並將與吳生所生之骨肉奉還吳生而離去。吳生自此對世事心灰意冷，欲與葛氏悔婚，但葛氏不厭吳家貧，堅成連理，並對家姑孝養備至。姑死，吳生擬尋赤松遊，女坦然，殊不挽留，生遂去。女外理生計，內訓孤兒，井井有法。一片冰心，其玲瓏剔透，更勝廣寒宮。無怪乎何守其有云：

> 人之所以欲為成仙者，以其樂耳。賢如葛女，則閨
> 幃中即仙矣，而又何羨乎？

由此可見，蒲松齡如此用心想像建構廣寒宮以為背景，蓋有深意在。

例三：《聊齋誌異・羅剎海市》龍宮：

令人類多加想像的不只月宮，海洋也常常培養了我們的想像力，愛琴海便孕育出文學的瑰寶，希臘神話。蒲松齡除了想出用天宮作他的作品背景外，在〈羅剎海市〉也想到了龍宮。蒲松齡在故事中敍及美男子馬驥棄儒從商先泛海至「大羅剎國」，國人以醜為美，貌越醜官階越高；馬驥之貌嚇壞了國人。馬驥以煤塗面，國人便推薦為高官，馬不願易容以求榮，退隱山村。他跟村人同赴海市，遇龍宮太子，入龍宮，憑一篇賦之文彩，被招為駙馬，常與美慧之龍女在龍宮玉樹下唱和。時有異鳥來鳴，

> 「聲等哀玉，惻人肺腑。」令馬有思鄉之想。「女曰：
> 『仙塵路隔，不能相依。妾亦不忍以魚水之愛，奪
> 膝下之歡。』」既決「女置酒話別。生訂後會，女曰：
> 『情緣盡矣。』生大悲，女曰：『歸養雙親，見君
> 之孝，人生聚散，百年猶旦暮耳，何用作兒女哀泣？
> 此後妾為君貞，君為妾義，兩地同心，即伉儷也，
> 何必旦夕相守，乃謂之偕老乎？若渝此盟，婚姻不
> 吉。倘慮中饋乏人，納婢可耳。』」

　　但龍女已懷身孕，便請馬預為命名。相約三年後將所生孩兒歸馬生撫養。三年後龍女及馬生均諾守盟約。龍女只可間中與所生之兒女相聚，但福海因是男孩，故可到龍宮訪母；但龍宮是女孩，無法前往，常常哭泣，龍女安慰女兒也要長成嫁人，贈豐厚的嫁妝，而離去。

　　我們一看到〈羅剎海市〉這個題目，不難明白作者這個作品中，用上了兩個背景：羅剎，卽鬼域，海市便是龍宮。作品中對鬼域這背景著墨不多，以馬驥所見首都，「始達都。都以黑石為牆，色如墨，樓閣近百尺。然少瓦。覆以紅石，拾其殘塊磨甲上，無異丹砂。」一國首都如此簡陋，是因該國所重，不在文章而在形貌，故其經濟落後可知。但蒲松齡再以海市為背景與之對照，則對背景刻意想像作藝術加工，如：

> 遙見水雲幌漾之中，樓閣層疊，貿遷之舟，紛集如蟻。少時抵城下，視牆上磚皆長與人等，敵樓高接雲漢。維舟而入，見市上所陳，奇珍異寶，光明射目，多人世所無。

　　及至宮殿所見，「玳瑁為梁，魴鱗作瓦，四壁晶明，鑒影炫目。」囑馬生為文，所用的「授以水晶之硯，龍鬣之毫，紙光似雪，墨氣如蘭。」既與龍女成親，「珊瑚之床飾以八寶，帳外流蘇綴明珠如斗大，衾褥皆香軟。」蒲松齡更想像出奇樹一棵，集美與善，光明與理集於一身，

「宮中有玉樹一株，圍可合抱，本瑩澈如白琉璃，
中有心淡黃色，稍細於臂，葉類碧玉，厚一錢許，
細碎有濃陰。常與女嘯詠其下。花開滿樹，狀類蘦
葡。每一瓣落，鏘然作響。拾視之，如赤瑙雕鏤，
光明可愛。時有異鳥來鳴，毛金碧色，尾長於身，
聲等哀玉，惻人肺腑。」「生聞之，輒念故土。」

　　在此良辰美景，常人自會樂不思蜀，但良善的馬驥卻
不忘故里，有思鄉的情懷，最難得的是龍女又能欣賞體貼
夫君這種崇高的人格，而且二人雖然分手，皆能信守承諾，
從一而終。作者就透過上述所想像的背景，奉勸世人在是
非顛倒的社會中，不要害怕被人排擠，其次物質雖美好，
也是短暫的，崇高的人格才可永存，我們要認清什麼才是
最寶貴最有價值的東西。所以異史氏有云：

花面逢迎，世情如鬼，嗜痂之癖，舉世一轍。小慚
小好，大慚大好，若公然帶鬚眉以游都市，其不駭
而走者，蓋幾希矣。彼陵陽癡子，將抱連城玉向何
處哭也。嗚呼，顯榮富貴，當於蜃樓海市中求之耳！

第十章　主題

第一節　主題是作品的靈魂

也許，有些人認爲，討論主題、意義等東西，似乎溢出了敘事學的興趣範圍，但我們爲了避免陷入形式主義，且任何作品，主題、意義都是它們的靈魂，所以最後還是要討論討論的。作者對材料的選取、人物的描繪，情節的設計，視點的處理，主要是爲了有效地傳達他的意義、主題。讀者探究文本中的材料、人物、情節和視點也是爲了有效找出作者試圖透過這些文本傳達出來的東西，也就是意義與主題。所以，主題的問題對於作者而言是一個創作的問題；而對讀者而言，是一個詮釋的問題。「主題」就是指在作品中體現出來的總體涵義，敘事文體的片片段段由此結合起來。換言之，主題就是將一個文本的分散的要素整合成一體。所以當我們在前幾章討論完選材、人物、情節和視點等，現在來討論在敘事模型中沒有提及的主題是饒有意思的，因爲它統涉了整座模型。

第二節　主題的原則

1. 正確性

正確性就是主題思想正確。這是視乎該作品是否符合當時的主流意識。所以所謂正確性是頗具爭論的。

2. 單純性

單純性最顯淺的解釋就是作品中的人物不含糊，是壞人，你就把他寫成一個典型的壞人，是好人，就寫成一個好人。如果你心目中想寫一個壞中有好，好中有壞的複雜人物，也要絕不含糊，那些是好，那些是壞，也絕不含糊，令讀者準確接收到這個信息。如果作品令讀者不能領略到你想傳遞的信息，便違反了單純性。因為讀者很難掌握那些是你所愛，那些是你憎惡的。

3.積極性

任何一篇作品都應該有積極性，積極性的作品，可以有暴露黑暗的，如《水滸傳》。有抨擊黑暗，又歌頌光明的，如《西廂記》。巴金的《家》便是暴露封建社會大家庭的殘酷，吃人的禮教等。

4.明朗性

明朗性也是主題的必要條件，什麼作品的主題不夠明朗？就是本來有幾個主題，但卻把它們拼在一個作品中，要使它明朗，便只好把它們分配到幾個不同的作品去。

第三節　在敘事文中尋索主題之途徑

（一）透過敘事者的背景

孟子有所謂知人論世。我們往往要首先探討這作品由

誰人所作，而透過該作者的生平及時代背景，以了解這作品想向我們後人傳遞出什麼信息。

例一：《紅樓夢》：

曹雪芹的祖先本是漢人，但入了旗籍，三代四人相繼擔任江寧織造的官職六十餘年，曹家除爲宮室採購用品外，還替皇帝搜集情報。故曹家與王室關係之密切可知。祖父曹寅曾做過康熙伴讀，伯父曹顒與父親曹頫先後主持江寧織造。雍正五年曹頫在任內因，「行為不端」、「騷擾驛站」以及虧空等罪名，被革職抄家。當時曹雪芹約只有十三四歲，故對其幼小的心靈留下深刻的烙印。乾隆即位，曹頫的虧空曾得到寬免，家道可稍有復甦。大約在曹雪芹二十多歲後，曹家徹底敗落。曹雪芹也淪落潦倒。乾隆十五年，他就生活在「茅橡蓬牖，瓦灶繩床」、「舉家食粥酒常賒」的生活。晚年的貧困，使曹雪芹深切感受到世態炎涼，人情冷暖，深刻地體察到複雜尖銳的社會矛盾和黑暗醜惡的世道人心，加深了他對社會生活的認識，並積累了豐富的創作素材。大約在乾隆二十五年以後，曹雪芹在生活上遭到多次打擊，如：亡妻、續弦、愛子因病夭亡等，十分傷感；最後在貧病交迫中辭世，死時只有琴劍在壁，新婦飄零，靠朋友的幫助才得草草下葬。

透過上述曹雪芹的一生，所以甲戌本〈脂評凡例〉結尾便有了那首：

> 浮生著甚苦奔忙，盛席華筵終散場。悲喜千般同幻
> 渺，古今一夢盡荒唐。謾言紅袖啼痕重，更有情痴
> 抱恨長。字字看來皆是血，十年辛苦不尋常。

曹雪芹這種血淚辛苦的生涯，使到寶玉墮入王國維所謂的人生第三種悲劇，即悲劇之發生，是：

> 由於劇中之人物之位置及關係而不得不然者。非必
> 有蛇蠍之性質與意外之變故也，但由普通之人物，
> 普通之境遇，逼之不得不如是。

要擺脫這種人生的困境，唯有靠如庚辰本第一回所說，

> 此回中凡用「夢」用「幻」等字，是提醒閱者眼目，
> 亦是此書立意本旨。

即靠對「色空」觀念的參透才能擺脫人生的第三種悲劇，便成了《紅樓夢》這本書的主題。

例二：《儒林外史》：

吳敬梓出身於一個爲官的科舉世家，他在〈移家賦〉稱：「五十年中，家門鼎盛。」但到了父親吳霖起時，家道中落。霖起爲人正直，雖身居教諭小官，但不追求名利，他自小受父親影響。霖起由於剛直，得罪上司而罷官。雍正元年父死，次年家難，近房爭奪遺產。此後吳敬梓「一朝憤激謀作達」，變得放蕩不羈。接著是一生中最困窘的時刻，岳母去世，友人被誣巉藏禁書而興獄，自己又鄉試

落第，妻子病逝。移居南京，家產日竭，將心中忿慨寫成〈移家賦〉，又因病辭博學鴻詞科考試，從此不應鄉試，放棄諸生籍。吳敬梓對科舉考試的態度，經歷了一個由追求，失望而冷淡、憎慷的發展過程。所以晚年寄居南京，花上十幾年時間，寫成《儒林外史》一書。他的友人程普芳有〈懷人詩〉云：「《外史》紀儒林，刻劃何工妍；吾為斯人悲，竟以稗說傳。」

　　吳敬梓藉王冕一生具才華而遠離功名富貴，作第一回，以「說楔子敷陳大義，借名流隱括全文。」統涉整本《儒林外史》的主題，換言知，得第一回之主題，即得全書的主題，所以要尋全書的主題，只要尋第一回之主題可也。吳敬梓透過秦老的口：

> 自古道：「滅門的知縣」。

當王母病危時，更吩咐王冕：

> ……但這幾年來，人都在我耳根前說你的學問有了，該勸你出去做官。做官，怕不是榮宗耀祖的事，這個法卻定的不好！將來讀書人既有此一條榮身之路，把那文行出處都看得輕了。

在這回開篇有一首詞：

> 功名富貴無憑據，費盡心情，總把流光誤，濁酒三杯沉醉去，水流花榭知何處。

他跟著說：

> 這一首詞也是老生常談。不過說人生富貴功名是身
> 外物，但世人一見了功名，便捨著性命去求他，及
> 至到手之後，味同嚼蠟。自古及今，那一個是看得
> 破的！

所以臥閑堂本第一回末評語說：

> 觀楔子一卷，全書之血脈經絡無不貫穿玲瓏。

又說：

> 「功名富貴」四字是全書第一著眼處，故開口即叫
> 破，卻只輕輕點逗，以後千變萬化，無非從此四字
> 現出地獄變相。

功名富貴四字並非本書主題，透過吳敬梓一生，如何
「看破」此「功名富貴」才是本書主題。

（二）透過人物塑造

人物是敘事文一個重要元素，人物形象是敘事者生活
的結晶，也是他的生活態度的形象表現，所以我們不難從
作品對人物的刻劃中，捉摸到敘事者打算讓我們體會到的
東西；從這裡，也正是我們理解作品主題的一條重要線索。

　　例一：魯迅先生的〈藥〉：

　　魯迅先生既用藥來把這篇作品命名，他心中一定有需要治的病。在他當時的社會患了什麼病？他藉文中的幾組人物，把這病烘托出來。首先是那代表惡勢力的康大叔：先寫他與老栓交易時那沾滿了血的雙手：

> 那人（康大叔）一隻大手，向他（老栓）攤著；一隻手撮著一個鮮紅的饅頭，那紅的還是一點一點的往下滴。

　　接著透過在茶店的交談中，如花白鬍子、駝背五少爺及那二十多歲的人，對康大叔的奉承，托出他們那些對罪惡麻木的愚蠢相。老栓則代表一群善良，但愚昧、迷信、麻木，對欺壓他的康大叔竟然：

> ……一手恭恭敬敬的垂著，笑嘻嘻的聽。

　　至於夏瑜一般人都認為他影射秋瑾。所以這篇的主題便可結合這幾組人物的糾葛，顯出要醫治那個一方面充滿剝削欺壓，而另一方面又愚昧無知，不懂得反抗的黑暗、骯髒、醜惡社會的癆病，烈士的鮮血才是最有效的方劑。

　　例二：魯迅先生的〈孔乙己〉：

　　孔乙己是清朝科舉制度下的犧牲品。科舉要求是「四書熟，秀才足」。所以他滿口的「之乎者也」、「君子固窮」、「多乎哉，不多也」。可惜他連半個秀才也撈不到，

幸好寫得一筆好字，換一碗飯吃，有時還會偷竊爲生。他爲了要攀附知識階級，但經濟又不許可，便穿著長衫與那些短衣幫一起站著吃酒，但「穿的雖然是長衫，可是又髒又破，似乎十多年沒有補，也沒有洗。」由於他染有讀書人的種種怪癖，但又沒有他們在社會的際遇，所以周圍的人便恣意的戲弄他。但他也不乏讀書人良善的一面。他和孩子們卻談得來。

> 鄰舍孩子聽得笑聲，也趕熱鬧，圍住孔乙己。他便給他們茴香豆吃，一人一顆。孩子吃完豆，仍然不散，眼睛都望著碟子。

他著了慌，

> 彎腰下去說道，「不多了，我已經不多了。」直起身又看一看豆，自己搖頭說，「不多不多！多乎哉？不多也。」於是這一群孩子都在笑聲裡走散了。

他還教店小二認字呢。他的良善卻不能爲他換來幸福，最終還給丁舉人打折了腿。

對他的遭遇，魯迅透過酒店裡的小伙計的感受，表達了對孔乙己這類人的同情與憐憫。如中秋過後，天氣一天涼似一天，店小二穿上棉襖了，但孔乙己穿的是破夾襖，小二察覺到他臉上黑而且瘦，已經不成樣子，他顯得很頹唐。當給人指出偷東西是不再分辯，只懇求不要取笑，不

要再提。小二對孔乙己最後一次見面後離去時，顯出無限的唏噓。

> 他從破衣袋裡摸出四文大錢，放在我手裡，見他滿手是泥，原來他便用這手走來的。不一會，他喝完酒，便又在旁人的說笑聲中，坐著用這手慢慢走去了。

主題是憐憫那些受了科舉荼毒而沒落了的士大夫階級的讀書人。

（三）透過情節的發展：

敘事作品不能離開人物活動的形式——情節，而情節是通過一系列具有因果關係的故事來完成。當然，故事的中心必須以某些矛盾為內容。矛盾怎樣發展，怎樣解決，無不體現作者對這些問題的看法。從這些看法中理解主題，未嘗不是一條有效的途徑。

例一：《紅樓夢》：

人們分析紅樓夢的主題時有種種說法。從表面看來有所謂：（1）寶黛愛情由知己結成說；（2）封建禮教破壞寶黛愛情說。（2）之說雖較（1）說進步，但還未能真正深入觸到作品的主題；其實，《紅樓夢》中貫穿首尾的矛盾是描寫以賈寶玉為首的要求自由、平等的開明脫俗的渴求和賈政為首的保守，腐朽勢力在婚姻、教育、社交、科

考、奴婢制度、階級制度、禮儀制度，倫理道德，尊卑觀念等諸多方面發生的尖銳矛盾。這一矛盾內容才是全書的主幹情節所要表達的主題。

1. 在第二回首先借助冷子興的口道出，賈政在寶玉周歲時想試他將來志向，

> 便將那世上所有之物擺了無數，與他抓取。誰知他一概不取，伸手只把些脂粉釵環抓來，政老爹便大怒了，說：「將來酒色之徒耳！」因此便大不喜悅。

2. 在第九回，賈政向李貴調查寶玉上學情況，道：

> 你們成日家跟他上學，他到底念了些什麼書！倒念了些流言混語在肚子裡，學了些精緻的淘氣。等我閑一閑，先揭了你的皮，再和那不長進的算帳！

他念書的宗旨是，

> 什麼《詩經》、古文，一概不用虛應故事，只是先把《四書》一氣講明背熟，是最要緊的。

他念書只想升官發財，與寶玉大異其趣。

3. 第十七回當大觀園工程告竣，賈政帶一群清客參觀及題詩作對。「原來眾客心中早知賈政要試寶玉的功業如何，只將俗套來敷衍。」作者透過寶玉與這群清客的表現，顯出雙方對做學問的嚴重分歧。

4. 第三十二回當賈雨村到訪，賈政要寶玉會他。寶玉極不願意，而灑脫如史湘雲竟勸他應該改改性情，順應賈政，「你就是不願讀書去考舉人進士的，也該常常的會會這些為官做宰的人們，談談講講經濟的學問，也好將來應酬世務，日後也有個朋友。」這引起寶玉極大的反感而道，「姑娘請別的姊妹屋裡坐坐，我這裡仔細污了你知識經濟的學問。」

5. 第三十三回，寶玉父子的糾葛達到了高潮。當金釧投井，而賈政又被忠順親王追查琪官下落，很厭惡寶玉只喜歡在內幃廝混，只會敗壞家風，更怒其不肖而痛笞之，但礙於賈母對寶玉的痛愛與維護，這些糾葛只會潛藏在以後的情節中。

6. 這兩股勢力間之糾葛直至故事的終局，第一百二十回。賈政安葬了賈母等人，

> 自己在船中寫家書，先要打發人起早到家。寫到寶玉的事，便停筆。抬頭忽見船頭上微微的雪影裡面一個人，光著頭，赤著腳，身上披著一領大紅猩猩毯的斗篷，向賈政倒身下拜，賈政尚未認清，急忙出船，欲待扶住問他是誰。那人已拜了四拜，站起來打了個問訊。賈政才要還揖，迎面一看，不是別人，卻是寶玉。

最後，

　　一僧一道，夾住寶玉說道：「俗緣己畢，還不快走！」說著，三人飄然登岸而去。

　　讀者可繼續欣賞這些蘊含在情節中兩種勢力的糾葛，而全面的概括出能夠綰束全書內容的主題。

　　例二：《儒林外史·范進中舉》：

　　〈范進中舉〉的情節包括中舉前和中舉後兩部分，前者則重范進中了秀才後，其岳父胡屠戶說是來「賀喜」，實則來對他進行「教導」、「訓斥」，百般看不起他，罵他只能考取小小一個秀才，別再妄想癩蝦蟆吃天鵝肉，並且辱罵他的母親。范進在這些侮辱之前，只能唯唯連聲，慨嘆奈何。從這前部份情節可以看出，范進的社會地位極之低賤，家境又窮困，所以只能逆來順受，甘受屈辱。從後一部情節，主要寫范進中舉後，當他知道中了舉，竟然「往後一跤跌倒，牙關咬緊，不省人事」，瘋瘋顛顛，「眾人拉他不住」。看來，他是喜極而發瘋，由此，封建科舉對知識分子的茶毒可見一斑。接著是胡屠戶對他女婿的態度作了一百八十度轉，送肉送錢祝賀，口口聲聲稱范進是賢婿、老爺，誇讚他「才學又高，品貌又好」，是「天上的星宿」等。而很有名望的張鄉紳也親自登門拜訪，送銀五十兩，又送「三進三間」的房子。從這裡又表現了世態炎涼。把前後兩部分聯繫起來看，其主題卽通過范進中舉前後不同情節，揭露了封建科舉制度的罪惡以及當時趨炎

附勢的黑暗現實。

（四）透過語言的情感色彩：

敍事者或許想隱藏了他作品的主題，但在行文中總會洩露多少，對他所描述的人物或事件作出褒貶或寄予一定的情感。判斷敍事者的這種情感色彩，是理解作品時不可或缺的一環。要理解敍事作品的主題應注意揣摩它語言的情感色彩，分析其中包含著什麼樣的感情。是冷嘲熱諷？嚴酷無情？冷眼旁觀？入情入理？哀婉動人？抑或滑稽可笑？還是怒氣沖天？總之透過以上種種，便可從中完全了解此故事之主題。

例一：《聊齋‧冤獄》：

〈冤獄〉是記述一位輕浮少年朱生；妻死，見媒人鄰舍妻美。媒婆稱若想娶之，先將鄰舍殺死。不幸鄰舍因外出討債被殺，冤獄遂起。後兇手自首，冤案始白。作者在敍事所花篇幅有限，但透過異史氏作出對冤獄加以月旦卻占篇幅不少。評點家但明倫總結本作品稱：

> 這一時之戲談，罹殺身之慘禍，佻達詼諧，其害可勝言哉！獨怪儼然為民父母者，借彼譃辭，定斯疑獄，予以不節之名！絕少端倪，憑何判斷？

在這裡但氏似乎認為主題有二：勿戲談；慎審獄。我

們就作品本身，作者對戲談本身未有多大的批評。但對酷刑則有：「血膚取實」，「搒掠之，五毒慘至，婦不能堪」，「又掠之，死而復甦者再」。而對縣令審案如此兒戲，則借元兇蓋官的口大加鞭撻：「如此憒憒，何足臨民？」異史氏稱「訟獄乃居官之首務，培陰騭，滅天理，皆在於此，不可不慎也。」透過作品的語言情感，明顯的主題就是「慎審獄」。

例二：《聊齋·續黃粱》：

此作品寫壞蛋曾孝廉郊遊，遇相士稱他可任二十年太平宰相。避雨僧舍，主持老僧「偃蹇不為禮」。雨益大，曾孝廉倦伏入夢，果享宰相榮華，終因壞事做盡，為人參奏，在押解途中遇盜被殺。在閻羅殿中，下油鑊，上刀山，最後投胎為乞丐的女兒，被賣與一秀才為妾，一夜遇盜，秀才被殺，她被誣與賊人私通，「依律凌遲處死」。她「覺九幽十八獄無此黑黯也。正悲號間」，原來是黃粱一夢。

我們不妨嘗試透過作者的一些語言色彩，探討作品的主題。如：

曾孝廉獲相士吹捧，「搖篸微笑」一副小人得志。聞將可拜相，「曾大悅，氣益高」，眾相賀曾「心氣殊高」。一副小人得意心態。預先應許納友為高官，家僕為千把。夢中獲皇帝召，「得意，疾趨入朝」。往日有恩於他的「薦為諫議」；得罰他的「奉旨削職以去」，有醉人誤阻其儀仗，

則「即遣人縛付京尹，立斃杖下」。

當了宰相本應達則兼善天下，但他只會「捻髯微呼」，使到僕從「則應諾雷動」，而其他走門路的也「傴僂足恭者疊出其門」，而他面對手下並非一視同仁，而是「六卿來倒屣而迎，侍郎輩揖與語，下此者頷之而已」。所以被龍圖包學士參他一本：

> 又且平民膏腴，任肆吞食；良家女子，強委禽妝，沴氣冤氛，暗無天日。

所以認爲「若不急加斧鑕之誅，勢必釀成操莽之禍。」至於他的收場已如上述，讀者最好直接欣賞它的原文。蒲松齡藉行文及包學士的奏本，把本作品的主題透露出來。所以點評家王凱孫指出：

> 觀此篇工，世之自命不凡者，倘能窮則獨善，達則兼善，方且功名垂之竹帛，何有此景況哉！

所以我們可以藉著語言的色彩，發現作品主題的一些蛛絲馬跡。

（五）透過整體傾向：

我們應該把一則敍事作品，看作一個有機的整體，而這整個敍事體是指向它的主題。雖然上面四則的途徑都可指向這個敍事體的主題，但如果我們遍觀整個敍事體，可

能我們可以從中領略到一個更妥貼，更周詳的主題。敘事體的主題，它並不是一個孤立的現象，而是與敘事體諸要素緊密相關的整體體現。正因如此，理解敘事體主題的方式也不僅限於上述的四個途徑，而應該是多方面的，多角度的，敘事體的方方面面無不閃耀著主題的光彩。一部優秀的敘事體，其含義—即主題—總是全面滲透在整個作品的。

例一：《三國演義》：

《三國演義》是把一般人不易看懂的正史《三國志》通俗化為易懂的歷史小說。中國史家多以中原為正統，何況陳壽乃臣侍西晉，晉代曹魏，承認曹魏的合法，西晉的正統地位才能確立，故選讀《三國志》以曹魏為正統。以地域為標準，此以空間言；但如以民族之血緣的延繼，此乃以時間言。中國自晉以後，多次遭外族入侵，甚至統治，漢人欲維持其正統，又往往要將其中原為正統為觀念的模糊，而強調血緣。我們都知道《三國演義》是元朝人羅貫中綜合民間傳說和戲曲、話本等，根據個人對社會人生的體悟，把《三國志平話》的故事全部改寫，成了這本文不甚深，言不甚俗的作品。他既處於異族統治之下，又自南北朝時漢人偏安江南，而南宋時金人統治中原，元朝異族更統治整個中國，所以強調劉備的皇叔身分，不惜扭曲歷史，強化蜀國，貶抑曹魏。從整本《三國演義》觀之，不

外宣洩出以民族意識爲背景的漢族正統觀——「蜀漢正統觀」這一個主題。

例二：《聊齋誌異・嬰寧》：

古代小說「哭」得最美的是誰？我想沒有人反對是《紅樓夢》的林黛玉；但有沒有人知道「笑」得最美的是誰呢？讓我告訴你，是聊齋的狐女嬰寧。嬰寧愛笑，無拘無束地笑，連結婚拜堂，都「**女笑極，不能俯仰，遂罷。**」嬰寧是笑得最開心的姑娘，她把封建時代少女不能笑，不敢笑，不願笑，甚至不懂得笑的框框打破。古代的女子只能向帘兒底下，聽人笑語。只能笑不露齒，笑不出聲，否則就是有悖綱常。但嬰寧卻要笑就笑，莫視這一切綱常。

由於透過這篇敍事的人物、情節等都與笑悉悉相關，又因蒲松齡寫得嬰寧這位狐女實在出眾別緻可人，所以令到評點家們看漏了眼，認爲「嬰寧」的主題是「笑」，何守奇：

> 嬰寧憨態，一片天真，過於司花兒遠矣。我正以其笑爲全人。

而但明倫：

> 此篇以「笑」字立胎，而以花爲眼，處處寫笑，即處處以花映帶之。「撚梅花一枝」數語，已伏全文之脉，故文章全在提摯處得力也。

如果以笑作為本篇主題，只是得其皮相，作者透過異史氏提醒大家：

至悽戀鬼母，反笑為哭，我嬰寧殆隱於笑者矣。

王母要嬰寧：「人不罔笑，但須有時。」但嬰寧哭笑只是出於真性情，不理禮教如何。結婚是少女最高興的日子，但禮教就是不准許她們笑，否則便不夠矜持。王母之所謂「有時」的時正是人為的禮教。嬰寧定計懲罰輕薄的西鄰子，縣官尚且放她一馬，但王母卻狠狠的教訓她一頓，若不再檢點，便令王家在公堂丟臉，所以「**而女由是竟不復笑，雖故逗，亦終不笑。**」這位純潔天真的嬰寧（包括所有的少女）給禮教吃掉了。這才是由「嬰寧」這篇整體的敘事中提煉出來的主題。

第十一章　敘事邏輯

第一節　談雷同

　　任何文字作品，必須服從一定的邏輯制約，否則便無法讓受敘者讀懂。正如語言學家要我們運用語言時，要服從某種語言的文法。法之由來是把無數雷同之事物歸納出來的東西。一談到雷同如果重複出現便小不免令人感到枯燥。人為了打破枯燥便要有所創作，文學便在雷同與創作之間交替。我國的文學家最不喜歡太多雷同。區區一個名詞，如果在一篇文章中一再出現，便會使人覺得煩厭，聰明的他們便有同義詞的發明，一個月亮有太陰、嫦娥、玉兔、蟾蜍等的替代品。雷同便是互相相「犯」，為了回避相犯便用一個同義詞代替之，此即所謂「避」了。小說的情節是來自社會生活的本身，所以總有共同之處，而某一類題材的小說又是千千萬萬，所以，小說的情節也就不免出現雷同現象。更要命的是同一篇小說，尤其是中篇和長篇也往往有雷同的情節，要避免這些雷同便要考驗作者的才華了。

第二節　正犯、略犯法

　　金聖嘆評點《水滸傳》有正犯法、略犯法的說法。正犯法是指施耐庵有時故意選擇相似的話題、情節結構來寫，卻仍有本領寫得不重複。即「每每在兩篇相接連時，偏要寫一樣事，而又斷斷不使其間一筆相犯。」這些例子很多，

如第十八回〈小奪泊〉與第十九回〈月夜走劉唐〉分別寫何濤、黃安率官兵與梁山好漢在石碣村和梁山水泊的水戰。情節過程，事件性質極爲相似，然而，我們卻看不到有一筆相犯。

　　至於略犯法，此法只是正犯法的變體。有時施耐庵所結構的場景雖與前此的寫法不同，但彼此間仍然有某種相似性。卽並非情節整體的相犯，只是構成情節的某一因素的相犯，局部的相犯。個別的因素相犯，而建立起一種可比性的聯繫，使它們之間的不同顯得更加鮮明。金聖嘆在第十一回回評中認爲，在林冲、楊志經歷中出現的寶刀就起到了這樣的作用。作者寫寶刀，其實是寫英雄。寶刀，是林、楊兩位英雄的身世、胸襟、氣概的象徵。在這些方面，兩人頗有相近處。作者一方面讓寶刀分別而又接連在兩人的生活經歷中出現，以使讀者不由自主，不知不覺在想像中將他們聯繫起來，造成一種對照的基礎或土壤，而另一方面，又通過買刀與賣刀集中寫出二人各自不同的遭遇。因爲有了寶刀建立起來的聯繫，二人悲劇性的命運就在對照中各自顯得更有特色，更爲分明。

第三節　犯中見避法

　　清點評家毛宗崗有云：

　　　作文者以善避爲能，又以善犯爲能。不犯之而求避

之，無所見其避也。唯犯之而後避之，乃見其能避
也。……譬猶樹同是樹，枝同是枝，葉同是葉，花
同是花，而其植根安蒂，吐芳結子，五色紛披，各
呈異彩，讀者于此可悟文章有避之一法，又有犯之
一法也。

敘事文體更常碰到這犯與避的問題。

例一：《三國演義》劉備三顧茅廬：

劉備三顧茅廬是《三國演義》一個極出名又極重要的
情節，既是「三顧」，同是「顧」則犯實所難免。何況毛
宗崗還說：「每到玄德訪孔明處，必夾寫張翼德幾句性急
語以襯之。」這幾句均是急語，又如何相避？第一訪：當
未遇孔明，而崔州平與劉備一席話，卻帶出張飛之：「孔
明又訪不著，卻遇此腐儒，閒談許久！」第二訪：當劉備
只見到孔明之弟弟，便問他可知其兄乃熟諳兵書，而張飛
就說：「問他則甚！風雪甚緊，不如早歸。」第三訪：當
孔明高臥，劉備不便干擾，拱立堦下，張飛便爆出：「這
先生如何傲慢！見我哥哥侍立堦下，他竟高臥，推睡不起。
等我去屋後放一把火，看他起不起！」羅貫中寫張飛的語
氣一次比一次更火爆，而寫劉備一次比一次謙恭成一對比。
他更藉每次的季候不同，就是由秋天、冬天而新春。準備
由未知孔明是否在家，到聞其回家，至擇吉沐浴。所遇的
最初在離去後只遇崔州平一人，而到未訪前遇石廣元及孟

公威，到第三次終見到孔明兩兄弟。第一次未遇向童子留言，但第二次則對其弟留言並遇其岳丈黃承彥。羅貫中就是這樣多方避犯，把三顧草廬寫得有聲有色。

例二：《水滸傳》武松與石秀殺奸夫淫婦：

《水滸傳》武松為兄報仇而殺嫂及奸夫西門慶，這個故事對許多人都不會陌生吧！施耐庵寫到第四十三回，又出了另一淫婦也姓潘而名巧雲，楊雄是她的丈夫。這淫婦最終卻由楊雄的結義兄弟石秀代為除去。事情大致是這樣的：

石秀因助楊雄打跑潑皮張保，兩人結為兄弟，石秀從此住在楊雄家中。石秀因發覺楊雄妻潘巧雲與禿賊裴如海有私，卻被她反咬一口，因此離開楊家。隨後，石秀既為義氣又為表明自己的清白，先殺了報更的頭陀，再殺姦夫裴如海，然後伙同楊雄把潘巧雲主僕騙上翠屏山，逼問出實情後也殺了她們。武松殺嫂確是寫得家傳戶曉，精彩非常，而施耐庵既不忌犯重複，他又如何避法呢？首先他寫潘巧雲與裴如海的偷情情節寫得比潘金蓮的更曲節，（二）武松殺嫂是哥哥已死；但潘巧雲會否害楊雄卻是未知之數。（三）武松所殺三人都是該殺的；但頭陀與迎兒是否該死就甚俱爭議。（四）武松的作為是向他死了的兄長交代，而石秀是向活生生的義兄交代。總的來說，石秀與武松的心地、性格不同，殺奸夫淫婦的動機、心理不同。所以施

耐庵作了一次出色的犯中見避的示範。

第四節　同事異構

　　我在情節一章中提及敘事文體的結構，有開端、中段和結尾等，但如果細分，由於它可繁可簡的特性，便會衍生出無數不同的結構來。另一方面，由於不同的人，如果記載同一件事故，他們未必會有一樣的繁簡，這種情況多見於日常大眾傳播中，不同的報張有不同的立場、不同的側重。所以每日發生的某一事件，不同報刊便有不同的報導。小說界也有這種情況，於是有所謂「同事異構」。又有時，有些不同的事故的發生和它們所包含的事件和因果關係相當近似，因此有所謂「異事同構」了。我們首先討論同事異構，下一節才討論「異事同構」。

　　例如：《水滸傳》與《金瓶梅》敘述潘金蓮與西門慶最初相遇的情境。二者之手法便很不同了。

　　《水滸傳》：

> ｜又過了三二日，冬已將殘，天色回陽微暖。｜當日武大將次歸來。｜那婦人慣了，自先向門前來叉那簾子。｜也是合當有事，卻好一個人從簾子邊走過。｜自古道：「沒巧不成話。」這婦人正手裡拿叉竿不牢，失手滑將倒去，不端不正，卻好打在那人頭巾上。｜那人立住了腳，意思要發作；｜回過臉來看時，卻是

一個妖嬈的婦人，先自酥了半邊，那怒氣直鑽過「爪哇國」去了，變坐笑吟吟的臉兒。八這婦人見不相怪，便叉手深深地道個萬福，說道：「奴家一時失手。官人疼了？」九那人一頭把把手整頓頭巾，一面把腰曲著地還禮，道：「不妨事。娘子閃了手？」十卻被這間壁的王婆正在茶局子裡水簾底下看見了，笑道：「兀！誰教大官人打這屋簷邊過？打得正好！」十一那人笑道：「這是小人不是。沖撞娘子，休怪。」十二那婦人也笑道：「官人恕奴些個。」十三那人又笑著，大大地唱個肥喏，道：「小人不敢。」十四那一雙眼都只在這婦人身上，也回了七八遍頭，自搖搖擺擺，踏著八字腳去了。十五這婦人自收了簾子叉竿入去，十六掩上大門，十七等武大歸來。

《金瓶梅》：

1白駒過隙，日月如梭，才見梅開臘底，又早天氣回陽。一日，三月春光明媚時分，2金蓮打扮光鮮，單等武大出門，就在門前簾下站立。約莫將及他歸來時分，便下了簾子，自去房內坐的。3一日也是合當有事，卻有一個人從簾子下走過來。自古沒巧不成話，姻緣合當湊著。4婦人正手裡拿著叉竿放簾子？被一陣風將叉竿刮，婦人手擎不牢，不端不正卻打在那人頭上。5婦人便慌忙陪笑，把眼看那人，也有二十五六年紀，生得十分浮浪。頭上戴著纓子帽兒，

金鈴瓏簪兒，金井玉欄桿圈兒；長腰才，身穿綠羅褶兒；腳下細結底陳橋鞋兒，清水布襪兒；手裡搖著灑金川扇兒，越顯出張生般龐兒，潘安的貌兒。可意的人兒，風風流流從簾子下丟與個眼色兒。[6]這個人被叉竿打在頭上，便立住了腳，待要發作時，回過臉來看，卻不想是個美貌妖嬈的婦人。[7]但見他黑鬒鬒賽鴉鴿的鬢兒，翠彎彎的新月的眉兒，香噴噴櫻桃口兒，直隆隆瓊瑤鼻兒，粉濃濃紅艷腮兒，嬌滴滴銀盆臉兒，輕裊裊花朵身兒，玉纖纖蔥枝手兒，一捻捻楊柳腰兒，軟濃濃粉白肚兒，窄星星尖翹腳兒，肉奶奶胸兒，白生生腿兒，更有一件緊揪揪、白鮮鮮、黑裀裀，正不知是甚麼東西。觀不盡這婦人容貌。且看他怎生打扮？但見：

頭上戴著黑油油頭髮〔髟狄〕髻，一逕里〔執足〕出香雲，周圍小簪兒齊插。斜戴一朵並頭花，排草梳兒後押。難描畫，柳葉眉襯著兩朵桃花。玲瓏墜兒最堪誇，露來酥玉胸無價。毛青布大袖衫兒，又短襯湘裙碾絹紗。通花汗巾兒袖口兒邊搭刺。香袋兒身邊低掛。抹胸兒重重紐扣香喉下。往下看尖翹翹金蓮小腳，雲頭巧緝山鴉。鞋兒白綾高底，步香塵偏襯登踏。紅紗膝褲扣鶯花，行坐處風吹裙袴。口兒裡常噴出異香蘭麝，櫻桃口笑臉生花。人見了魂飛魄喪，賣弄殺俏冤家。[8]那人一見，先自酥了半邊，那怒氣早已鑽入爪窪國去了，變做笑吟吟臉兒。

⁹ 這婦人情知不是，叉手望他深深拜了一拜，說道：「奴家一時被風失手，誤中官人，休怪！」¹⁰ 那人一面把手整頭巾，一面把腰曲著地還喏道：「不妨，娘子請方便。」¹¹ 卻被這間壁住的賣茶王婆子看見。那婆子笑道：「兀的誰家大官人打這屋簷下過？打的正好！」¹² 那人笑道：「倒是我的不是，一時沖撞，娘子休怪。」¹³ 婦人答道：「官人不要見責。」¹⁴ 那人又笑著大大地唱個喏，回應道：「小人不敢。」¹⁵ 那一雙積年招花惹草，慣覷風情的賊眼，不離這婦人身上，臨去也回頭了七八回，方一直搖搖擺擺遮著扇兒去了。

¹⁶ 風日晴和漫出游，偶從簾下識嬌羞。只因臨去秋波轉，惹起春心不自由。

¹⁷ 當時婦人見了那人生的風流浮浪，語言甜淨，更加幾分留戀：「倒不知此人姓甚名誰，何處居住。他若沒我情意時，臨去也不回頭七八遍了。」卻在簾子下眼巴巴的看不見那人，¹⁸ 方才收了簾子，¹⁹ 關上大門，²⁰ 歸房去了。

　　首先以字數來說，《水滸傳》用了 408 個字，而《金瓶梅》竟用上了 1076 個字，一倍有多。《水》以「又過了三二日，冬已將殘，天色回陽微暖⋯⋯」起始，以「⋯⋯這婦人自收了簾子叉竿入去，掩上大門，等武大歸來。」

結筆。《金》則以「白駒過隙，日月如梭，才見梅開臘底，又早天氣回陽……」起始，而以「……卻在簾子下眼巴巴的看不見那人，方才收了簾子，關上大門，歸房去了。」結筆。

其次我們把《水滸傳》切成十七個敘述段序列，《金瓶梅》切成二十個敘述段序列，並加以排列成以下公式：

一 *1　二 *2　三　四 *3　五 *4　(5)　六 *6　(7)
七 *8　八 *9 九 *10　十 *11　十一 *12　十二 *13　十三
*14　十四 15+16　(17) 十五 *18　十六 *19　十七 *20

（一）我們在第四章第六節曾把敘事節奏分成「省略」、「概述」、「場景」與「凝固」四項。《水滸傳》除了首尾兩段都用上「省略」外。其他各序列都用上「概述」而《金瓶梅》5，7，17 用上了「凝固」雖然其他各序列也是用「概述」。

（二）《金》20 武大郎在結筆中沒有出現，婦人只是回房；但《水》十七那婦人還是等他回來。

（三）《金》5，17 用上「凝固」來強調婦人被西門慶吸引，但在《水》作者沒有刻意描寫婦人對西門慶特別仰慕。

（四）《水》十四西門慶對婦人雖貪婪，但只用上「概述」；但《金》15 雖用「概述」但明顯的比十四寫得更貪婪，

而 **16** 更用上了「凝固」使讀者明白到婦人在西門慶心中的分量。

（五）《金》**17** 作者更刻意表達出婦人對西門慶念念不忘。

綜合以上分析，《金瓶梅》的作者是刻意強調西門慶與潘金蓮之間的傾慕，比《水滸傳》為甚。而且，《金瓶梅》的潘金蓮好像被西門慶顛倒了。《金瓶梅》的作者為何有此意圖，其實道理十分簡單。潘金蓮這角色在《金瓶梅》地位的重要性較《水滸傳》遠甚。而且《金瓶梅》的潘金蓮比《水滸傳》的潘金蓮惡毒得多。《水滸傳》的潘金蓮由於不願受她的主人纏擾被主人家記恨，把她嫁給武大郎。而《金瓶梅》的潘金蓮卻由於被主人收用，說白一點，就是與主人通姦。但被主家婆發現，才把她嫁給武大郎。由此《水滸傳》的潘金蓮多少也博取了讀者的同情。但《金瓶梅》的作者也藉此段的「異構」為後來淫蕩的潘金蓮而鋪路。所以凡「同事」所以「異構」，「異構」的目的是藉不同的「異構」表達出不同的主題。

有關「同事異構」我們也可以在基督教的《聖經》中找到很多例子。首先我們在《新約》中看看耶穌受試的經過，三本符類福音都有記載，當中以《馬可福音》最簡單，只提到這件事，卻沒有記載試探的詳情。《馬太福音》和

《路加福音》都詳述三個試探，但次序卻有分別。兩卷福音都是先記載了「食物」的試探。接著《馬太福音》是「受使者的保護」，然後是「向魔鬼下拜」。而《路加福音》則先提「向魔鬼下拜」，然後才是「受使者的保護」。兩者的分歧又有何用意呢？

我們查考「試探」，「你若是上帝的兒子。」、「當拜主——你的上帝，單要事奉他。」和「不可試探主——你的上帝。」這幾個關鍵詞和關鍵句便知分曉了。以上四句，在兩卷福音書中都有出現，但安插的位置就有點不同。「試探」一詞在《馬太福音》用在「試探的人」中，兩卷福音在單元的起始都有出現。「你若是上帝的兒子」這句也有在兩卷福音書出現。「當拜主——你的上帝，單要事奉他。」這句《馬太福音》在最後出現；「不可試探主——你的上帝。」這句《路加福音》則放在最後。明顯的，馬太是想把「當拜主——你的上帝，單要事奉他。」與「你若是上帝的兒子。」配合，聚焦在「上帝」這個詞上。這與《馬太福音》「以馬內利——上帝與我們同在」整本書的主題是一致的。而《路加福音》要強調是「試探」的嚴重性，所以便以「試探」和「不可試探主——你的上帝。」配合，提出《申命記》的禁令，以暫時停止試探對耶穌的肆虐，這裡用「暫時」，明顯的是想突出試探的嚴重性。

而《馬太福音》和《馬可福音》以天使伺候耶穌作結，顯出耶穌的尊貴。

　　至於《舊約》中，最好的例子，那就是〈士師記〉第四章和第五章了。那是有關女士師底波拉、巴拉與耶賓王在米吉多大戰的記錄。第四章是以散文形式，而第五章則以詩歌體記載同一史實。爲了清楚顯示，我們以表列的方式比較二者的內容。

內容	經節	
	第四章	第五章
欺壓 ╱ 稱頌	1-3	1-5
追述		6-11
合作	4-10	12-18
希伯	11	
殲敵	12-16	19-23
雅億	17-22	24-27
亡兒		28-30
太平	23-24	31

　　第四章沒有「追述」和「亡兒」，但多了「希伯」那一節。多了這一節就顯出它寫小說的手法，即所謂伏筆，這是交代耶賓的將軍西西拉會全無戒心，進入雅意的帳棚的原因。除了伏筆，作者也用上了小說中懸疑的手法。就是在第九節底波拉對巴拉說：「**耶和華要將西西拉交在一個婦人手裡。**」讀者一開始都以為「婦人」指的是底波拉自己，誰想到是基尼人希伯之妻雅億呢！

　　至於第五章，因為它是詩歌體，能觸動人豐富的情感，「追述」是鼓動情緒最好的方法。但令人不解的是為什麼作者在將近結尾，仍花上不少篇幅講述西西拉的母親渴望兒子回歸的心情，是否患了尾大不掉的毛病呢？我們可看看第廿四節的關鍵句「**願基尼人希伯的妻雅億，比眾婦人多得福氣，比住帳棚的婦人更蒙福祉。**」這句是管轄25-27 與 28-30 兩個次情節，而把這兩個次情節作對比，同是外邦的婦人，雅億做了耶和華喜悅的事而蒙福。西西拉的母親卻沒有這種福氣，反而為了亡兒而產生無限的惆悵。

　　這還不只此，我們如果比較兩段經文的首尾，第四章是以耶賓的欺壓以色人作開始，而以他的將軍被殺結束，明顯是惡有惡報的結果。第五章以歌頌上帝開始，亦以「**耶和華阿，願你的仇敵，都這樣滅亡，願愛你的人如日頭出現，光耀烈烈。**」作結。第四章聚焦在西西拉，而第五章

聚焦在耶和華，二者釋出的信息便很不同了。所以，從表面看來，兩章的故事大致相同，但二者的情節大相逕庭了。所以說它們是同事異構，原因就在此了。如果以敘事學的手法去分析這兩章經文，還有很多引人入勝的地方，但因篇幅關係，就在這裡打住了。

第五節　異事同構

由於小說這範疇有「異事同構」的現象，所以在敘事學中有類型、原型、母題的研究。

有關異事同構，我們試在《搜神記》中選出三個故事，〈干將莫邪〉、〈李寄〉及〈吳王小女〉三篇，因爲它們的主題都是關乎復仇或報恩。而〈吳王小女〉更包含復仇及報恩兩個主題。

	干將莫邪	李寄
施暴／恩者	楚王	庸嶺的大蛇
受暴／恩者	干將莫邪	九個女孩子
施暴／恩行動	殺害	吃掉
報仇／恩執行者	兒子赤將	李寄
策劃報仇／恩	「日夜思欲報楚王」，自刎而死。	帶劍和犬到蛇出沒的廟中。

| 報仇／恩行動 | 在客的幫助下殺死楚王。 | 用蜜炒麵引蛇出洞，讓犬在前面咬，自己用劍在後砍之。 |
| 結果 | 子報父仇 | 為慘死的女孩報仇。 |

有趣的是在〈吳王小女〉中報仇的也有報恩的。

吳王小女		
紫玉	吳王夫差	施暴／恩者
韓重	小女紫玉	受暴／恩者
為韓重殉情	制止女兒婚姻，以至結氣死。	施暴／恩行動
韓重	紫玉	報仇／恩執行者
哭泣哀慟，具牲幣往於墓前。	不理父之阻攔，堅持己之追求，並埋下對父之不滿。	策劃報仇／恩
紫玉的鬼魂從墓中出來，邀韓重同入墓中。	讓父知道己與韓重之結合，令吳王大怒要拘捕韓重。	報仇／恩行動
盡夫妻之禮	吳王夫人欲抱紫玉時，「玉如煙然」，達到譴責懲罰吳王的目的。	結果

同樣，「異事同構」在《聖經》新舊約中也有很多相當好的例子。我分別在新約和舊約各舉一例。因為為了表

明同構，用表格列出就可以一目了然。

《新約》

以下三件事故都是出自《約翰福音》，也可以說是三件神蹟，它們的敘事結構有相似的地方，讀者可作比較：

	水變酒 （二：1-11）	醫治大臣兒子 （四：46-54）	醫治患病卅八年的 人（第五章）
期望	需要酒 （二：3）	醫治兒子 （四：47）	耶穌主動提出醫治 （五：6）
拒絕	時候未到 （二：4）	未見神蹟，總是不 信（四：48）	沒人把病人放在池 裡（五：7-8）
堅持	照他吩咐的 去作（二：5）	趁孩子還沒有死 （四：49）	
指示	把缸都倒滿 水（二：7）	回去吧，你的兒子 好了（四：50）	起來，拿你的褥子 走吧（五：8）
成就	送酒到管筵 席的去 （二：8-9）	那人信耶穌就回去 了（四：50）	那人拿起褥子立刻 痊癒（五：9）
第三者 印證	管筵席的肯 定是好酒 （二：10）	僕人告訴大臣孩子 好了（四：51）	猶太人警告安息日 不可拿褥子走 （五：10）
信心回應	門徒就信了 （二：11）	大臣和他全家都信 了（四：53）	病人沒有信心，竟 把事情告訴猶太人 （五：16-18）

《舊約》

以下兩件事故是出自列王紀上與下，是記載以利亞與以利沙兩師徒，令死去的孩子復活的神蹟。二者除了故事很相似外，它們的敘事結構也很相似。可以說以利沙從他師傅身上，學到極大的功課。不知敘事者是否有意顯出以利沙能青出於藍而勝於藍，看看神蹟進行的描述，寫以利沙的筆法不是比他的師傅更細緻嗎？

	以利亞 （王上十七：17-24）	以利沙 （王下四：17-37）
死中的 復活者	西頓撒勒法一位外邦寡婦的孩子。	念書婦人因待客殷勤而獲得的孩子。
施行神蹟前環境的安排	以利亞就從婦人懷中將孩子接過來，抱到他所住的樓中，放在自己的床上。 （王上十七：19）	書念婦人將她死去的孩子放在以利沙的床上。 （王下四：：32）
神蹟的進行	以利亞三次伏在孩子身上，求告耶和華說：「耶和華我……的上帝啊，求你使這孩子的靈魂仍入他的身體！」 （王上十七：21）	以利沙上床伏在孩子身上，口對口，眼對眼，手對手；既伏在孩子身上，孩子的身體就漸漸溫和了。然後他下來，在屋裡來往走了一趟，又上去伏在孩子身上。（王下四：34-35）

結果	耶和華應允以利亞的話，孩子的靈魂，仍入他的身體，他就活了。 （王上十七：22）	孩子打了七個噴嚏，就睜開眼睛了。（王下四：35）

如果想從文學的角度欣賞聖經，文學技巧的分析是少不了的。

第十二章　文學技巧述略

　　我已根據在第三章所建立的敘事模型，在接下的各章，分析敘事模型的各個配件。就好像一間屋，我已為它的框架、棟樑，柱木建搭起來。但一間屋還有它的磚瓦，就是針對那些個別的辭彙，短語、句子等。有時這些辭彙不能照字面解釋，用上了象徵的字眼，那便是一些修辭的手法了。修辭只是文學技巧中的一種，在各種文體都用得上的，無疑敘事文體也會用得上，但討論修辭的書籍真是杯載酒量，所以在本章中就盡量少談，寧可多花多些篇幅，討論與敘事文體有關的文學技巧。

1. 伏筆

　　一般小說常有所謂「伏筆」的手法，「伏筆」又可稱為「預敘」、「預示」或「預述」，這是情節上的舖墊和準備，以便劇情往後的發展，有一個合理的解釋，在事情尚未發生之前作一預告。如果我們對寫實的敘事和虛構的敘事作進一步的探討，我們又有所謂「**有事可憑**」的伏筆和「**因文生事**」的伏筆。寫實之敘事，敘事者可揀選已有之事件，預早讓受敘者知曉，以明白事情之由來，此所謂「**有事可憑之伏筆**」，但無論寫實或虛構之敘事，敘事者都可以因為故事發展的需要以使劇情往後發展有一合理的解釋，而安置一些虛構的事件，此所謂「**因文生事的伏筆**」。《三國演義》有七成是寫實的敘事，而《水滸傳》大部分屬於虛構的敘事，今各舉一例分別以說明之。

例一：《水滸傳》第九回，林冲何以可避過火燒草料場一劫：

火燒草料場是《水滸傳》著名的事件。由於林冲未死，高衙內得不到他的妻子而病了，所以高俅派虞侯、陸謙及幫閒富安到滄州謀害林冲，火燒他棲身的草料場，但林冲預知二人的陰謀，才得避過這一劫。這是全因作者在第九回開始時，安排了酒生兒李小二的預先通風報信，林冲才可早作準備，暫避到山神廟。這便是作者因文而預下的伏筆，所以金聖歎有云：

> 如酒生兒李小二夫妻，非真謂林冲於牢城營，有此一段相識，與之往來火熱也。意自在閣子背後聽說話一段絕妙奇，則不得不先作此一個地步，所謂先事而起波也。

原文有云：

> 話說當日林冲正閒走間，忽然背後人叫，回頭看時，卻認得是酒生兒李小二。當初在東京時，多得林冲看顧；後來不合偷了店主人家錢財，被捉住了，要送官司問罪，又得林冲主張陪話，救了他免送官司，又與他陪了些錢財，方得脫免；京中安不得身，又虧林冲齎發他盤纏，於路投奔人，不想今日卻在這裡撞見。

後來陸虞候等來到李小二的店中：

李小二應了，自來門首叫老婆，道：「大姐，這兩個人來得不尷尬！」老婆道：「怎麼的不尷尬？」小二道：「這兩個人語言聲音是東京人；初時又不認得管營；向後我將按酒入去，只聽得差撥口裡呐出一句『高太尉』三個字來，這人莫不與林教頭身上有些幹礙？——我自在門前理會，你且去閣子背後聽說甚麼。」老婆道：「你去營中尋林教頭來認他一認。」

例二：《三國演義》關雲長何以在事業的顛峰中，敗走麥城：

關雲長在《三國演義》中是一個十分重要的人物。赤壁之戰，劉備幸獲荊州又是三分鼎足的重要關鍵。故後來曹操與孫權分別水陸夾擊荊州。關羽依諸葛亮之計起兵攻打樊城。跟著水淹曹操七軍，降於禁，斬龐德，威鎮華夏，但卻最後敗走麥城，終為孫權所殺。關羽何以在顛峰中敗落，作者固然刻意描寫關羽的驕傲，踟躕志滿，但另一方面也挑選了幾件史實，以解釋失敗的原因，更因文生出一件虛構的事件，把這幾件事預作伏筆而令到情節獲得合理的發展。

首先是出兵樊城之前有失火為之告凶，這是有事可憑的伏筆。

〈吳書九〉：「初，南郡城中失火，頗焚燒軍器。」

其次，關羽是役，本選傅士仁、糜芳為先鋒，今失火，本欲斬之，因費時求情，以「未曾出師，先斬大將，於軍不利，可暫免其罪。」故「摘去先鋒印綬，罰糜芳守南郡，傅士仁守公安。」〈吳書九〉也有記錄：「羽以責芳，芳內畏懼，權聞而誘之，芳潛相和。及蒙攻之，乃以牛酒出降。」第三，關羽先與龐德交鋒時，德因見未能以刀勝，便放一暗箭，中羽左臂。又在攻樊城時，中了曹仁弓弩手的弩箭，〈蜀書六〉也有記載：「羽嘗為流矢所中，貫其左臂，後創雖癒，每至陰雨，骨常疼痛。」

也許作者希望令故事寫得更是離奇，故再加一伏筆，是歷史沒有記載的。

> 且說關公是日祭了帥字大旗，假寐於帳中。忽見一豬，其大如牛，渾身黑色，奔入帳中，徑咬雲長之足。雲長大怒，急拔劍斬之，聲如裂帛，霍然驚覺，乃是一夢。

所以毛宗崗在第七十三回，批曰：

> 此回正敘得襄陽之事，下回又敘斬龐德，獲于禁之事，皆快事也。而出兵之前，乃有失火為之告凶，又有惡夢為之告變，是早為七十六回伏線也。夫為失意伏線，而伏於將失意之時不足奇，惟伏於將快意之時則深足奇。此非作者有意為如此之文，而實古來天然有如此之事。奈何今人眼光甚短，但能及

寸，不能及尺，但能及尺，不能及丈耶！

2. 懸疑

「懸疑」又是另一種文學技巧。「懸疑」、「懸宕」又或稱爲「懸念」是指人們對作品中矛盾衝突的發展、情節事件的前景，尤其是人物未來命運迫切期待的心理。

例一：《水滸傳》武松爲大哥復仇一段：

在《水滸傳》第廿四及廿五回中，羅貫中首先讓讀者清楚知道潘金蓮等如何毒害武大郎的整個經過，這是一種懸疑，就是只對武松的懸疑，因事情的發生時，武松是身在東京的，作者在第廿三回已清楚交代了：

> 武松帶了士兵自回縣前來收拾。次日早起來，拴束了包裹，來見知縣。那知縣已自先差下一輛車兒，把箱籠都裝載車子上；點兩個精壯士兵，縣衙裡撥兩個心腹伴當，都分付了。那四個跟了武松就廳前拜辭了知縣，挾紮起，提了樸刀，監押車子，一行五人離了陽谷縣，取路望東京去了。

1. 首先武松懸疑哥哥的死因：

> 武松道：「嫂嫂，且住。休哭。我哥哥幾時死了？得甚麼症候？吃誰的藥？」

2. 當武松在晚上：

> 只見靈床子下捲起一陣冷氣來，盤旋昏暗，燈都遮黑了，壁上紙錢亂飛。那陣冷氣逼得武松毛髮皆豎，定睛看時，只見個人從靈床底下鑽將出來，叫聲「兄弟！我死得好苦！」

武松便否定了潘金蓮謂武大郎死於心疼病，因此又引起了新的懸疑：

> 「哥哥這一死必然不明！……卻才正要報我知道，又被我的神氣沖散了他的魂魄！……」放在心裡不題，等天明卻又理會。

3. 武松為了解決這個懸疑，便找到何九叔，知道哥哥是毒死，於是又引起一個新懸疑，所以

> 武松道：「姦夫還是何人？」

> 何九叔道：「卻不知是誰。小人閒聽得說來，有個賣梨兒的鄆哥，那小廝曾和大郎去茶坊裡捉姦。

找到了鄆哥，問明一切，整個事件便大白了。

不要以為我們讀者一早便清楚整件事情的來龍去脈便沒有了懸疑，因為我們不斷跟隨武松每個追蹤的步驟，每次也會引起懸疑，就是每次武松是否可以解決他的懸疑。所以如果事件中的角色遇到的懸念越曲折，讀者的趣味越增高。

例二：《聊齋誌異 · 聶小倩》：

在敍事作品中，氛圍、場景、意境也會令受敍者引起無限的懸疑。《聊齋詫異》往往也會運用這種手法。如〈聶小倩〉寫甯采臣來到一個荒廟，

> 寺中殿塔壯麗，然蓬蒿沒人，似絕行蹤。東西僧舍，雙扉虛掩，惟南一小舍，扃鍵如新。又顧殿東隅，修竹拱把，階下有巨池，野藕已花。意甚樂其幽杳。

先把這個陰森幽杳的環境描寫出來，造成一種神秘的氛圍。再寫半夜一女子突然入室，

> 女笑曰：「月夜不寐，願修燕好。」甯正容曰：「卿防物議，我畏人言。略一失足，廉恥道喪。」女云：「夜無知者。」甯又咄之。女逡巡若復有詞。甯叱：「速去！不然，當呼南舍生知。」女懼，乃退。至戶外忽返，以黃金一錠置褥上。甯掇擲庭墀，曰：「非義之物，汙我囊橐！」女慚出，拾金自言曰：「此漢當是鐵石。」

女子之行徑，大膽實異常人。次天發現一候試學子夜間暴斃。莫非屬鬼作祟？把寺廟這個特定氣氛，女子大膽異於常人的表現，再配合學子的離奇死亡，融成一種神秘的意境，使人欲罷不能，急於追求它的發展和結果。這種懸念的特性是較偏重於使用描寫技巧去表現懸念，而描寫的氛圍、意境的製造又加強了懸念。《聊齋誌異》廣泛運

用一種映補式的懸疑手法，就是描寫出一種吸引人的魅力。

3. 波瀾

　　人物的情緒時會起伏，如水中的波瀾。波瀾既有兩個層面，又有兩種形式。首先談談兩個層面。一層是指敘述結構本身的波瀾，另一層是指受敘者相應產生的內心波瀾，重要的條件之一是，前者是否能夠不斷保持新鮮感。如果從時間的角度，波瀾的形式可分爲：「以近爲貴」和「以遠爲貴」。「以近爲貴」是指在較短時間內發生的，起伏迅速的波瀾。「以遠爲貴」則是指中間間隔了較長的時間，前後遙相呼應的波瀾。

　　例一：《水滸傳》第八回滄州牢城營之獄卒對林冲：

　　首先我們看看一個以近爲貴的例子，就是《水滸傳》第八回林冲被押解到滄州牢城營後，差撥過來，「不見他把錢出來，變了面皮，指著林冲」便罵起來，「把林冲罵得一佛出世，那裡敢抬頭應答。」，「林冲等他發作過了，去取五兩銀子，」當那差撥知道那五兩只是給他的，尚有十兩送與管營的便立即換了一副嘴臉，「林教頭，我也聞你的好名字。端的是個好男子！想是高太尉陷害你了。雖然目下暫時受苦，久後必然發跡。據你的大名，這表人物，必不是等閒之人，久後必做大官！」轉眼間，竟可變臉變得如此極端。所起的波瀾雖說不大，卻令人一則以懼，一

則更令人竊笑。這類波瀾往往由作者在敘述過程中隨手拈來，具有一定的卽興。

例二：《水滸傳》第七、八回花和尚大鬧野豬林：

魯達爲了林冲，多番向董超、薛霸警告，林冲雖請他們上座，他們半日方才得自在，從而托出魯達的威勢。

第一波：

> 林冲見說，淚如雨下，便道：「上下，我與你二位，往日無仇，近日無冤。你二位如何救得小人，生死不忘！」董超道：「說甚麼閒話！救你不得！」薛霸便提起水火棍來望著林冲腦袋上劈將來。

> 當時薛霸雙手舉起棍來望林冲腦袋上便劈下來。說時遲，那時快；薛霸的棍恰舉起來，只見松樹背後，雷鳴也似一聲，那條鐵禪杖飛將來，把這水火棍一隔，丟去九霄雲外，跳出一個胖大和尚來，喝道：「洒家在林子裡聽你多時！」兩個公人看那和尚時，穿一領皂布直裰，跨一口戒刀，提著禪杖，輪起來打兩個公人。林冲方才閃開眼看時，認得是魯智深。林冲連忙叫道：「師兄！不可下手！我有話說！」智深聽得，收住禪杖。兩個公人呆了半晌，動彈不得。

第二波：

魯智深又取出一二十兩銀子與林沖；把三二兩與兩個公人，道：「你兩個撮鳥，本是路上砍了你兩個頭，兄弟面上，饒你兩個鳥命。如今沒多路了，休生歹心！」兩個道：「再怎敢！皆是太尉差遣。」接了銀子，卻待分手。魯智深看著兩個公人，道：「你兩個撮鳥的頭硬似這松樹麼？」二人答道：「小人頭是父母皮肉包著些骨頭。」智深輪起禪杖，把松樹只一下，打得樹有二寸深痕，齊齊折了，喝一聲：「你兩個撮鳥，但有歹心，教你頭也與這樹一般！」擺著手，拖了禪杖，叫聲：「兄弟，保重！」自回去了。董超，薛霸，都吐出舌頭來，半晌縮不入去。

第三波：

林沖道：「上下，俺們自去罷。」兩個公人道：「好個莽和尚！一下打折了一株樹！」林沖道：「這個直得甚麼；相國寺一株柳樹，連根也拔將出來。」二人只把頭來搖，方才得知是實。

第四波：

三人當下離了松林。行到晌午，早望見官道上一座酒店，三個人到裡面來，林沖讓兩個公人上首坐了。董、薛二人半日方才得自在。

這便是「以遠爲貴」的例子。

4. 獺尾法

就是在事情發展到高潮後，不好寂然停下來，便作餘波漾之，即事過而作波。但要留意的，這餘波不是多餘的，而是必須的，它與正敍的事是同屬於一個統一的，完整的敍事結構，它不是爲了自身，而是爲了這個敍事結構的整體而存在。

例一：《水滸傳》第十二回梁中書楊志東郭演武後，引出來的餘波：

《水滸傳》第十二回楊志在東郭演武後，卻插入一段知縣時文彬升堂，爲楊志押送生辰綱失手伏筆。一談及生辰綱事件，晁蓋當然少不了，知縣升堂，爲的是梁山泊賊盜。所以在演武這個風波後，引來梁山泊與晁蓋的更大風波。

首先他引出知縣時文彬「卻說山東濟州鄆城縣新到任一個知縣，姓時，名文彬。當日升廳公座，左右兩邊排著公吏人等。」於是知縣對兩位巡捕都頭下令道：

> 我自到任以來，聞知本府濟州管下所屬水鄉梁山泊賊盜，聚眾打劫，拒敵官軍。亦恐各鄉村盜賊倡狂，小人甚多。今喚你等兩個，休辭辛苦，與我將帶本管士兵人等，一個出西門，一個出東門，分投巡捕。若有賊人，隨即剿獲申解。不可擾動鄉民。體知東溪村山上有株大紅葉樹，別處皆無，你們眾人采幾

> 片來縣裡呈納，方表你們曾巡到那裡。若無紅葉，
> 便是汝等虛妄，定行責罰不恕。

當兩位巡捕都頭之一的雷橫在辦案的過程中在靈官廟捉到劉唐，便打算把他押到附近的晁蓋莊上來歇歇。

> 雷橫道：「我們且押這廝去晁保正莊上，討些點心吃了，卻解去縣裡取問。」一行眾人卻都奔這保正莊上來。

這樣便與晁蓋這位生辰綱主要攬手，搭上了。也在東郭演武之後掀起了一個更大的風波。

例二：《水滸傳》第九回寫火燒草料堂後，與老莊家爭執便是餘波：

《水滸傳》第九回寫火燒草料堂，林冲僥倖未被謀算。而反把富安、陸謙殺了，餘怒未熄。在高潮過後，作者又安排林冲到草屋向老莊客回酒的情節。林冲本是一位十分恭謹小心的人，但這一次竟因老莊客不肯回酒，而用花槍往他臉上挑火柴，還攪火爐，打莊客，做了些似乎不應是他會做出的事。

> 林冲聞得酒香，越要吃，說道：「沒奈何，回些罷。」
> 眾莊客道：「好意著你烘衣裳向火，便來要酒吃！
> 去便去！不去時將來吊在這裡！」林冲怒道：「這
> 廝們好無道理！」把手中槍看著塊焰焰著的火柴頭

> 望老莊家臉上只一挑；又把槍去火爐裡只一攪。那
> 老莊家的髭須焰焰的燒著。眾莊客都跳將起來。林
> 冲把槍桿亂打，老莊家先走了，莊客們都動彈不動，
> 被林冲趕打一頓，都走了。眾莊尋著林冲的蹤跡，
> 只見倒在雪地裡，花槍丟在一邊。

金聖嘆對此有云：

> 凡此恉為前幾「花槍挑著葫蘆」，逼出廟中「挺槍
> 殺出門來」一句，其勁勢猶尚未盡，故又於此處再
> 一點兩點，以殺其餘怒。故凡篇中如搠兩人後殺陸
> 謙時，特地寫一句「把槍插在雪地下」，醉倒後莊
> 家尋著蹤跡趕來時，又特地寫一句「花槍亦丟在半
> 邊」，皆所謂事過而作波者也。

5. 不完全句法

我們在第八章曾提及有所謂「平序」，這是由於語言是線性的特點所以致之。就是由於語言是線性的，那當兩人在同一時間急切一起說話，必須不是一個說完了，又一個說，而必要一筆夾寫出來，就稱為「夾敘法」又稱為「不完全句法」。

例一：《水滸傳》第五回魯智深與崔道成的對話：

如《水滸傳》第五回魯智深從五臺山到東京的途中，在瓦官寺邂逅兩個冒充和尚的惡棍魯智深與其中一位交談：

> 智深走到面前，那和尚（即崔道成）吃了一驚，跳起身來便道：「請師兄坐，同吃一盞。」
>
> 智深提著禪杖道：「你這兩個和尚，如何把寺來廢？」
>
> 那和尚便道：「師兄請坐，聽小僧……」
>
> 智深睜著眼道：「你說！你說！」
>
> ……說：「在先敝寺十分好個去處，田莊又廣，僧眾極多，只……」

在和尚第二句回話中插入魯智深威嚇性的「你說！你說！」由此獲得「一起說」的效果。

例二：《水滸傳》第廿一回柴進爲宋江解圍：

《水滸傳》第廿一回，話說宋江不愼，把炭火掀到一位大漢面上，由於他雖然崇拜宋江，但卻不知他面前的正是宋江，而加以追究，柴進到來爲宋江解圍，與那漢子的一段對話：

> 正勸不開，只見兩三碗燈籠飛也似來。柴大官人親趕到，說：「我接不著押司，如何卻在這這裡鬧？」那莊客便把趾了火鍬的事說一遍。柴進笑道：「大漢，你不認得這位奢遮的押司？」那漢道：「奢遮殺，問他敢比得我鄆城宋押司？他可能？」柴進大笑道：

「大漢，你認得宋押司不？」那漢道：「我雖不曾認得，江湖上久聞他是個及時雨宋公明，是個天下聞名的好漢！」柴進問道：「如何見得他是天下聞名的好漢？」那漢道：「卻才說不了，他便是真大丈夫，有頭有尾，有始有終！我如今只等病好時，便去投奔他。」

在對話中，那漢說：「他可能？」卻遭柴進大笑插入，到後面說「有頭有尾，有始有終」便把整句說話完成。就是那大漢質問柴進那面前的人，「有可能如宋江一樣做人有頭有尾，有始有終嗎？」

6. 橫雲斷山法

「橫雲斷山法」有類「插敘法」，但不是小型的插敘，而是大規模的插敘，是要在原來情節線索的敘述過程中插入另外一條新的情節線索，用這條新的情節線索去暫時中斷原來的情節線索。這樣做的目的在於，運用新的人物，新事件去激發讀者被原來過長的情節弄得疲累，及失去興趣，而從新獲得閱讀的新鮮感。經過這種「半腰間暫時閃出」的情節的「間隔」，讀者的興趣得到調整，這時再回頭來敘述原來的情節，效果就會好得多。

例一：在二打祝家莊插入解珍解寶雙越獄：

由於線性（即一維的）是語言的特點，而世事卻往往

是超出一維，以一維的媒介──語言，敘述超出一維的世事，故有使用橫雲斷山法的必要，如《水滸傳》第四十八回中，由於在兩打祝家莊的同時，解珍、解寶正在因爭虎以至被囚，跟著越獄。這兩件事是並行的，同時發生的，但不能用文字同時敘述，唯有分先後，先述兩打祝家莊，然後再用一句標明「原來這段話正和宋公明初打祝家莊時一同事發。」跟著如下把解珍、解寶的事件記述如下：

> 乃是山東海邊有個州郡，喚做登州。登州城外有一座山，山上多有豺狼虎豹，出來傷人：因此，登州知府拘集獵戶，當廳委了杖限文書捉捕登州山上大蟲，又仰山前山後裡正之家也要捕虎文狀：限外不行解官，痛責枷號不恕。且說登州山下有一家獵戶，弟兄兩個：哥哥喚做解珍，兄弟喚做解寶。弟兄兩個都使渾鐵點鋼叉，有一身驚人的武藝。當州裡的獵戶們都讓他第一。

例二：在刀槍劍戟交加中，施耐庵寫董將軍求親：

《水滸傳》六十八回當宋江攻打東平府，遇到雙鎗將董平，東平府程太守要倚重董平防守，而董平卻想娶程太守之女兒，太守只有虛與委蛇。所以董平臨陣，心中不快。施耐庵便先插入把這件因由交代後，再續寫兩軍之大戰場面。

> 原來程太守有個女兒，十分顏色，董平無妻。累累

使人去求為親，程萬里不允。因此，日常間有些言和意不和。董平當晚領軍入城；其日，使個就裡的人，乘勢來問這頭親事。程太守回說：「我是文官，他是武官，相贅為婿，正當其理。只是如今賊寇臨城，事在危急，若還便許，被人恥笑。待得退了賊兵，保護城池無事，那時議親，亦未為晚。」那人把這話回復董平。董平雖是口裡應道：「說得是」，只是心中躊躇，不十分歡喜，恐怕他日後不肯。

7. 草蛇灰線法

是對暗中隱伏與延伸的細節的一種比喻，它們實際上是反覆出現的同一細節組成的「鏈條」，在形成過程中驟看無物，難以覺察，而當作者有意打草驚蛇，拂灰抽線時，積累的效果才會突現出來。這與現代文學批評中所流行的術語「復調意象」（recurrent image）有些相似。即作者通過在其作品中反覆而不露痕跡使用某一關鍵的意象或象徵，成功達到的和協與效果，猶如交響樂中由某一基調的重覆出現所達到的和協與效果一樣。

例一：《水滸傳》武松的哨棒：

《水滸傳》第廿二回武松告別柴進、宋江，「縛了包裹，拴了哨棒要行」起，到井陽崗上打虎打折哨棒止，其間先後提及那哨棒十七次。在第七棒，金聖歎批出：

> 一路又將哨棒特特處出色處描寫，彼固欲後之讀者，
> 於陡然遇虎處，渾身倚仗此物以為無恐也，卻偏有
> 出自料外之事，使人驚殺。

在第十六棒，「半日勤寫哨棒，只道仗他打虎，到此
忽然開除，令人瞠目噤口，不復敢讀下去。哨棒折了，方
顯出徒手打虎異樣神威來，只是讀者心膽墮矣。」

作者多次順帶提到哨棒，是為了緩緩地把一種安全感
注入到讀者意識中。當然，這是一種虛假的安全感，一種
錯覺。到了武松用哨棒打虎卻不料被枯樹折作兩截時，這
種安全感便突然破滅了，並轉化為一種巨大的緊張感。在
這一懸念準備的過程中，哨棒細節的滲透起到重要的作用。

例二：《水滸傳》中潘金蓮與簾子：

《水滸傳》提到武大郎家的簾子，也是頗有代表的滲
透性細節。「簾子」在第廿三回武大郎領武松回家開始出
現，「武大叫一聲：「大嫂開門。」只見簾子開處，一個
婦人出到簾子下。」作者一開始便把潘金蓮與簾子緊緊扣
在一起。並且通過簾子在讀者與潘金蓮之間建立起某種潛
在的聯繫，或許對於大多數的讀者始終未被意識到的聯繫。
所以金聖歎指出：「簾子一，一路便勤敘簾子。」在簾子
第三及四出現時，有這樣的描述：

> 那婦人獨自一個，冷冷清清，立在簾兒下等著。只
> 見武松踏著那亂瓊碎玉歸來，那婦人揭起簾子，陪

著笑臉迎接道：「叔叔寒冷。」

就是簾子一掀，潘金蓮那裡就要出事。當武松臨去東京一家三人飯敘時，武松吩咐武大在他離去後，每天早歸，下好簾子，這是第五次提及，作者更以此讓讀者對簾子有一安全保護之感覺，而武大果然遵照乃弟叮囑，每日都放下簾子，作者最妙的就是讓那婦人拗武大不過，也主動的每日放下簾子，究竟那婦人如此造作，真是耐人尋味。經此三次提到簾子，終於在第八次潘金蓮义簾子失手打正從簾下走過的西門慶的頭巾上，這個著名的場面出現了，由一種安全感轉來了陣陣的緊張。因為在不知不覺之中，簾子對於讀者來說已經成了一種不祥與危機的徵兆。也可以說，簾子已成為具有特殊的審美意義的符號了。此後，西門慶在王婆茶坊裡望武大家，潘金蓮去王婆家做衣服。潘金蓮與西門慶勾搭，何九叔去看武大屍首等重要場面中，簾子一再出現。直到武松回來，「**揭起簾子，探身入來，見了靈牀子，又寫『亡夫武大郎之位』七個字，呆了！**」共提及十六次。這十六次次第出現的簾子把一種越來越強烈的危機感滲透到讀者心靈之中。到此時此刻，金才子便認為：「同是簾子字，此處便寫得滲淡無光。」經過一系列的舖墊和準備，簾子這個細節已成功把讀者的心理引向最後的衝突。

8. 鸞膠續弦法・情節的合理性

我們在第四章第四節談到小說的必然及偶然性，曾認為「情節模式能夠建立的基礎是以必然為內核的可然律。」要合理便要符合可然律，所以要一項情節合理，我們必須安排一些線索作為因，以令到這情節符合可然律，這就是金聖嘆的所謂「鸞膠續弦法」。

例一：《水滸傳》第六十一回：

就《水滸傳》第六十一回，楊雄與石秀受命下梁山泊，去大名府打探盧俊義的情況，而盧俊義的家人卻已上路前往梁山泊報告盧俊義被捕的消息，並向梁山英雄求救。雙方為了節省時間都抄近路走。途中燕青用箭射下一隻喜鵲以卜此行之吉凶。他追趕受傷的喜鵲，於是遇見走在另一條小路上的楊雄和石秀。由於燕青從未到過梁山泊，所以雙方互不相識，作者便以不打不相識，將他們結識的經過，記述如下：

> 這兩個低著頭只顧走。燕青趕上，把後面帶氈笠兒的後心一拳；撲地打倒。卻待拽拳再打那前面的，卻被那漢手起棒落，正中燕青左腿，打翻在地。後面那漢子爬將起來，踏住燕青，掣出腰刀，劈面門便剁。燕青大叫道：「好漢！我死不妨，可憐無人報信！」那漢便不下刀，收住了手，提起燕青，問道：「你這廝報甚麼信？」燕青道：「你問我待怎地？」

前面那漢把燕青一拖，卻露出手腕上花繡，慌忙問道：「你不是盧員外家甚麼浪子燕青？」燕青想道：「左右是死，索性說了教他捉去，和主人陰魂做一處！」便道：「我正是盧員外家浪子燕青！」二人見說，一齊看一看道：「早是不殺了你，原來正是燕小乙哥！你認得我兩個麼？我是梁山泊頭領病關索楊雄，他便是拚命三郎石秀。」楊雄道：「我兩個今奉哥哥將令，差往北京，打聽盧員外消息。軍師與戴院長亦隨後下山，專候通報。」燕青聽得是楊雄，石秀，把上件事都對兩個說了。楊雄道：「既是如此說時，我和小乙哥哥上山寨報知哥哥，別做個道理；你可自去北京打聽消息，便來回報。」石秀道：「最好。」便取身邊燒餅乾肉與燕青吃，把包裹與燕青背了，跟著楊雄連夜上梁山泊來。見了宋江，燕青把上項事備細說了遍。宋江大驚，便會眾頭領商議良策。

　　在廝打過程中，作者巧妙的利用燕青手腕上的花繡，讓楊雄及石秀認出他來。這是由各種的偶然性，而推出三人結識的必然合理性。

　　例二：《水滸傳》第五十一回：

　　《水滸傳》在第五十一回寫柴進攜李逵去高唐州看望叔叔柴皇城，結果獲罪入獄。柴進明知叔叔嘔氣臥病是因知府高廉的妻舅殷天賜要強占花園所致，又明知高廉乃高

太尉的叔伯兄弟，他此番前往，與高、殷的衝突是很難免的。明知山有虎，偏向虎山行。既然如此，他是否可以不親自前往呢？作者安排這一情節是否合理呢？

值得注意的是，金聖歎從社會關係方面分析了柴進行動的必然性。他指出，柴進不得不親往的關鍵已由作者交代出來了，這就是：柴皇城的妻子是「繼室」。在柴皇城病危之際，以她的身分、地位、處境根本無法解決這一貴族大家庭的財產分配問題，外禦強侮問題、繼嗣問題以及十分複雜的人事問題，而作為柴皇城的親侄子，柴進是唯一合法的和有力量出來支撐局面，排難解紛的人，他是責無旁貸的。因此，即使他個人不想去，在封建的宗法關係也不容他不去。正是這種關係，決定了柴進要冒天大的險前往高唐州的合理性。作者利用了在宗法社會生活下，柴皇城妻子以及柴進二人的特殊身分，令到柴進的冒險是無法擺脫的，是合乎情理的。

9. 諷刺‧綿針泥刺法

中國人的所謂諷刺與西方的反諷是有出入的，不要因為一個諷字，便把二者混為一談。西方人的反諷就是口不對心；中國人的諷刺就有點不同，我們稱之為「綿針泥刺法」，就是刺你的針是藏起來的，但它卻在暗中刺你一下。

例一：《聊齋誌異‧馬介甫》：

　　懼內常是給人取笑的對象，也因此生出許多幽默的小故事。《聊齋誌異‧馬介甫》更是一篇別開生面的諧謔小品。楊萬石是大名府的秀才，甚畏妻尹氏，而尹氏常虐待家翁，楊亦只有啞忍。楊與兄赴考，遇一少年名馬介甫，交談甚歡，結爲兄弟。馬發現楊父苦況，又發現尹氏不只虐待家翁，更刻薄楊萬石失去父親的侄兒，便設法助楊萬石把這種劣境改善，但由於楊之畏內，而無法實現，畏妻之疾，眞可謂病入膏肓。於是馬介甫「遂開篋，出刀圭藥，合水授萬石飲。曰：『此丈夫再造散。所以不輕用者，以能病人故耳。今不得已，暫試之。』」飲下，「少頃，萬石覺忿氣填胸，如烈焰衝燒，刻不容忍，直抵閨闥，叫喊雷動。婦未及詰，萬石以足騰起，婦顛去數尺有咫。即復握石成拳，擂擊無算。婦體幾無完膚。」由於萬石更出刀子割婦股上肉。「家人見萬石兇狂，相集，死力掖出。馬迎去，捉臂相用慰勞。萬石餘怒未息，屢欲奔尋，馬止之。少間，藥力消，嗒若喪。」馬見事情解決了便離去。「月餘，婦起，賓事良人。久覺黔驢無技，漸狎，漸嘲，漸罵；居無何，舊態全作矣。」

　　蒲松齡發明「丈夫再造散」以治畏內病足見其幽默，病人食藥後果大振夫綱，寫來更令人忍俊不禁，但蒲氏的筆力至此尚未減弱，待藥力漸失，便「黔驢無技，漸狎，漸嘲，漸罵；居無何，舊態全作矣。」此眞幽默之極品，

對畏內者諷刺得體無完膚。

例二：《聊齋誌異‧盜戶》：

〈盜戶〉卻是對庸官的調侃。順治期間，山東一帶多盜，「官不敢捕，後受撫，邑宰別之為『盜戶』」，遇與民爭，「則曲意左袒之，蓋唯恐其復叛也。後訟者，輒冒稱『盜戶』，而怨家則力攻其偽。」於是出現下面的笑話，「適官署多狐，宰有女為所惑，聘術士來，符捉入瓶，將熾以火。狐在瓶內大呼曰：『我盜戶也。』聞者無不匿笑。」這真是對那些庸官的絕妙諷刺，而細節出奇制勝，充滿了內在的幽默，讓人在不屑的笑聲中難免生出感慨。

10. 反諷

在修辭上，反諷就是說出與你想表達的意思相反的話，或是讓別人從不同於表面意義的方向，來解讀你的話語。反諷不像其他修辭法（如隱喻、直喻、轉喻、提喻等），反諷與字面意義的差別並不在於語言形式上的特殊變化，我們必須經過解讀，才能認出反諷的陳述。

例一：《紅樓夢》第三十至卅二回：

在第三十回述及在盛夏，眾丫環正在服侍王夫人，而金釧兒為王夫人搥骨。寶玉走來把金釧兒耳上帶的墜子一摘，於是二人互相嬉笑，被王夫人發現，竟認為金釧兒媚惑少主。

只見王夫人翻起身來，照金釧兒臉上就打了個嘴巴子，指著罵道：「下作小娼婦！好好的爺們，都叫你教壞了。」

於是便要把金釧兒趕出賈府，而釧兒苦苦哀求不果。敘事者便現身出來用上反諷的口吻道來，

> 王夫人固然是個寬仁慈厚的人，從來不曾打過丫頭們一下子，今忽見金釧兒行此無恥之事，這是平生最恨的，所以氣忿不過，打了一下子，罵了幾句，雖金釧兒苦求，也不肯收留。

最後令金釧兒含羞投井自盡。

例二：《儒林外史》第四至第六回：

《儒林外史》第四至第六回提及一位嚴貢生，用三件事件，湊合出一個醜惡虛偽的嘴臉：（一）首先他把那隻早已賣給鄰舍王小二的豬，經小二撫養大了，不幸誤投回入他家中扣起不放還。（二）另一位名叫黃夢統的鄉下人，因一時周轉不靈，打算向嚴貢生借貸，只寫下借據，但實在沒有拿到錢。過了大半年，想取回借據，但嚴貢生卻要他付上這大半年的利息。（三）有一次他坐船暈船，拿出雲片糕來吃，吃剩了幾片，艇家以為他不要了，便拿來吃。他看見卻不阻止。船到岸後，他嚷著說要找他失去了的藥，每帖數百兩，那艇家說，他吃的只是雲片糕，於是便與艇家爭拗起來。最後他便省下了他本該付結艇家的酒錢、喜

錢。

嚴貢生這張醜惡的嘴臉，在第四回當他向張靜齋炫耀湯知縣對他的留意，作者卻借他自己作出反諷。他稱：

> 後來倒也不常進去，實不兩瞞，小弟只是一個為人率真，在鄉里之間，從不曉得占人寸絲半粟的便宜，所以歷來的父母官，都蒙相愛。

以上所提的三件事情，恰是處處都占人便宜。

11. 含蓄

含蓄就是表達得委婉，耐人尋味。《紅樓夢隨筆》譬喻含蓄就像：「明明劍也，而匣之；明明燈也，而帷之。令觀之者見匣而不見劍，見帷而不見燈。逼視之，乃知匣中有劍，帷中有燈。然其筆下，則但寫匣與帷，更不示人以劍與燈。」

例一：《儒林外史》第五回〈嚴監生疾終正寢〉：

吳敬梓對嚴監生的性格刻畫至為含蓄，通過典型化的細節描寫，對嚴監生的性格起畫龍點睛的作用。在第五回〈嚴監生疾終正寢〉，寫嚴監生「病重得一連三天不能說話」，「喉嚨裡痰響得一進一出，一聲不倒一聲，總不得斷氣，還把手從被單裡拿出來，伸著兩個指頭。大侄子問他是否還有二個親人不曾見面，他把頭搖了兩三搖。」

二侄子問他：

> 「莫不是有兩筆銀子在那裡？不曾吩咐明白」，他把兩眼睜的溜圓，把頭又狠狠搖了幾搖。

奶媽插話：

> 「想是兩位舅爺不在跟前，故此記念。」他聽了這話他把眼閉著搖頭，那手，只是指著不動。

只有他老婆趙氏明白他的心事，

> 走近上前道：「爺，別人都說不相干，只有我曉得你的意思！」只因這一句話……

便在第五回打住，要到第六回才再由趙氏口中把原委說出：

> 「你是爲那燈盞裡點的是兩莖燈草，不放心，恐費了油，我如今挑掉一莖就是了。」說罷，忙上去挑掉一莖。眾人看嚴監生時，點一點頭，把手垂下，登時就沒了氣。

這一細節畫出了嚴監生吝嗇鬼的靈魂，可謂畫龍點睛、入木三分，含畜之至！

例二：《聊齋誌異‧林四娘》：

> 青州道陳公寶鑰，閩人。夜獨坐，有女子搴幃入，視之不識，而艷絕，長袖宮裝。笑云：「清夜兀坐，

得勿寂耶？」公驚問何人，曰：「妾家不遠，近在西鄰。」公意其鬼，而心好之。捉袂挽坐，談詞風雅，大悅。擁之不甚抗拒，顧曰：「他無人耶？」公急闔戶，曰：「無。」……自言「林四娘。」公詳詰之，曰：「一世堅貞，業為君輕薄殆盡矣。有心愛妾，但圖永好可耳，絮絮何為？」無何，雞鳴，遂起而去。此夜夜必至。

　　清初盛傳的〈林四娘〉故事，有多個版本，由不同的敘述者敘述出來，但寫得最含蓄的莫過於蒲松齡了。上面的引文，便是由他敘來。寫得合乎生活的實際，人之常情。美女來奔，雖疑心是鬼，但未必卽是，心無所懼，才至於「而心好之」通過「捉袂挽坐，談詞風雅」，乃終於「大悅」，才疑念頓失，進「擁之」。妙在「他無人耶？」的提問，顯示出這位疑似女鬼不但不可畏，反而世人可畏，更讓人毫無顧忌，所以才「闔戶，曰：『無。』」下面達到愛情的高潮就可以理解了。但終究是一位來歷不明的女子，陳公於歡情過後，沒有忘記「詳詰之」；而女子嬌嗔其「絮絮何為」，也出於奔女總要保持最起碼的矜持。總之，步步寫來，皆在人情之中，又不失自然之致，讓人覺得合理而可信，自然陶醉於三百年前青州道署的燈窗之間，這就是含蓄的功效，所蘊含的多於所敘述的，誘人想像的多於烘托渲染的。

12. 背面傅粉法或反補法 · 性格的對比

　　反補法或背面鋪粉法，指的是在性格不同的人物之間進行對比，以使他們各自的性格更為鮮明，突出的方法：但也可藉其本身性格的對比，以顯出其獨特之性格。我們強調的是人物的之間或自己與自己的對比。

　　例一：《水滸傳》第二回寫救濟金老父女，藉李忠托出魯達的慷慨：

　　《水滸傳》第二回，寫史進及其師傅李忠與魯達會於潘家酒樓，「三人酒至數杯，正說些閒話，較量些槍法。」不意聽到有人啼哭，而揭發出一則老漢金老與其小女翠蓮遭屠戶鄭屠，綽號鎮關西迫害的慘劇。魯達為幫助他們父女二人，「便去身邊摸出五兩來銀子」，又向史進，李忠借。史進「去包裹裡取出一錠十兩銀子放在桌上」。李忠呢，等到魯達再次開口，才「去身邊摸出二兩來銀子」。金聖嘆指出：「雖與魯達同是一摸字，而一個摸得快，一個摸得慢。」故施耐庵藉一個「摸」字，對魯達與李忠二人之個性，作一對比。魯達摸銀子，毫不猶疑，毫不在意，傾囊而出，是他慷慨豪爽個性之自然流露。而李忠摸銀子，則有些遲疑，有些不大心甘情願，既顯出他處境的窘迫，也看出他不甚爽快的性格。

　　例二：《水滸傳》第五十八回藉史進及魯達托出賀太守的狡滑：

施耐庵在五十八回中講述史進及魯達先後刺殺賀太守不果，反遭擒服收監的事件：

事緣史進因不值蔡太師門人賀太守強奪民女王嬌枝，而將其父畫匠王義充軍，卻「**宜去府裡要刺賀太守，被人知覺，倒吃拿了，見監在牢裡。**」

魯達爲救史進，前往途中卻遇到賀太守。太守疑智深爲刺客，但詐稱請其進府吃齋。智深自持武功過人，連禪杖，戒刀也放下，來見賀太守。不意

賀太守在後堂坐定，把手一招，喝聲：「捉下這禿奴！」兩邊壁衣內，走出三四十個做公的來，橫拖倒拽，捉了魯智深。

所以在回評中有謂：

極寫賀太守狡獪者，所以補寫史進、魯達兩番行刺不成之故也。

作者便透過這事件，一方面極寫出歹角賀太守狡獪的個性。而另一方面更烘托出魯達的爽、貞烈、義氣、豪邁。藉這兩種性格的對比，而構成這件可敬、可駭、可泣之事件。

13. 烘雲托月法 ‧ 烘托與陪補

從敘事學的角度說，人物性格的表達，敘事者可藉自

己的講述（telling）或顯示（showing）的手法表露出來，或者進一步如上述的反補法或背面傅粉法，加強表達的效果。但敍事者又可以用另一種手法，就是不直接描述人物，而通過事件中的某一角色的口述、言論、行動來曲折地加以表達；這樣寫來不僅省力，有時甚至比正面描寫的效果更好。此卽所謂「烘雲托月法」。如畫家要繪畫明月，他不必繪月，只將周圍的雲彩繪出，明月自然可以烘托或陪補顯露出來。這樣的手法，還有更深一層效果，就是所表達出的人物個性，是混上了我們所借助的角色的眼睛背後的主觀意識。

例一：

在本書第十章主題，有提及《聊齋誌異・嬰寧》中的主角嬰寧。蒲松齡除了正面用敍述或顯示的正面手法，寫出嬰寧的特殊個性外，也用上烘雲托月的手法，就是透過王子服及西鄰子這兩位男士對她的反應，烘托出嬰寧的聰慧、嬌憨及活潑的美態。首先當王子服遇到她時，既注目不移，竟忘顧忌，有以下的敍述：

> 生注目不移，竟忘顧忌。女過去數武，顧婢曰：「個兒郎目灼灼似賊。」

後來她給西鄰子遇上，蒲松齡對嬉戲遊玩的她的嬌憨，活潑的美態，並未加以任何稱頌，卻藉西鄰子的「凝注傾倒」而充分表現出來。作者有以下的敍述：

庭後有木香架，故鄰西家，女每攀登其上，摘供簪玩。母時遇見輒訶之，女卒不改。一日西鄰子見之，凝注傾倒。女不避而笑。西鄰子謂女意屬己，心益蕩。女指牆底笑而下，西鄰子謂示約處，大悅。

作者透過兩位男士的「一見鍾情」，而寫盡嬰寧的風流可人。既是一見，這只是烘托出嬰寧的外貌，但爲何

異史氏曰：「觀其孜孜憨笑，似全無心肝者。而牆下惡作劇，其黠孰甚焉！」

嬰寧的「黠」就是他的聰敏，擅於保護自己，作者又如何烘托呢？他就是透過兩位男士的一見鍾情，巧妙的顯出嬰寧的聰慧及自保。明顯的，王子服對嬰寧雖是「目灼灼似賊」，但卻是眞愛，而西鄰子對她，只有「慾」而不是情愛。所以嬰寧對王子服，便以身相許。但對西鄰子施以惡作劇。西鄰子因慾而身亡，是罪有應得，與他人無關。

第二例：

《紅樓夢》中賈寶玉是主角無疑了。曹雪芹對他個性的描寫，當然花上了不少篇幅，用上了許多不同的手法。但當寶玉尚未正式出場前，作者在第二回，透過賈雨村與冷子興的對話，把寶玉的個性作出初步的烘托與勾劃：

雨村笑道：「果然奇異！只怕這人來歷不小！」子興冷笑道：「凡人皆如此說，因而他祖母愛如珍寶。

那年周歲時，政老爺便要試他將來的志向，便將那
世上所有之物，擺了無數與他抓取，誰知他一概不
取，伸手只把些脂粉釵環抓來；那政老爺便大怒了，
說將來不過酒色之徒耳，因此便不大喜歡。獨那史
老太君還是命根子一般。說來又大奇了：如今長了
七八歲，雖然淘氣異常，但聰明乖覺，百個不及他
一個；說起孩子話來也奇怪：他說：「女兒是水作
的骨肉，男人是泥做的骨肉，我見了女兒我便清爽，
見了男子便覺濁臭逼人！」你道好笑不好笑？將來
色鬼無疑了！」雨村罕然屬色忙止道：「非也！可
惜你們不知道這人來歷，大約政老前輩也錯以淫魔
色鬼看待了！若非多讀書識字，加以致知格物之功，
悟道參玄之力者，不能知也。」

　　透過冷子興的形容，一般讀者都會認為寶玉的個性受
到祖母的寵愛，而養成脂粉氣、淘氣、在女色中糊混，好
一隻色中餓鬼，但與生俱來卻是絕頂的聰明乖覺。這只是
他的表像。作者就是恐妨讀者有此錯覺，所以便透過賈雨
村的口，提醒讀者切勿錯誤的瞭解寶玉的個性。作者在往
後的章回，便漸漸把寶玉的真正面目揭露出來。讀者今後
除非如雨村的提醒，修練致知格物之功，培養出悟道參玄
之力，再把以下的章回仔細的閱讀，否則就如冷子興一樣，
對寶玉的個性，只得其皮相！

14. 一石數鳥法

就是一箭雙雕的引伸。把這個概念用上敘事文的寫作，是指通過一件事，一個場面，或一個細節的記敘，同時達到幾個不同的目的，又或寫出幾個或多人不同的思想、性格和態度，以反映較為豐富的生活內容，表現較為深刻的主題內容。

例一：魯迅先生的〈藥〉：

魯迅先生在〈藥〉這故事中，通過寫茶館的談話場面，達到了好幾個目的：表現了夏瑜的無畏、不屈的精神；揭露了康大叔，紅眼阿義等反動幫凶的殘暴、貪婪、卑鄙無恥的本質；反映了群眾愚昧無知的狀態，從而暗示了「**革命必須喚起民眾**」的真理，既省儉又富藝術效果，同時也使故事情節更加顯得凝練集中。

例二：《聊齋誌異·狂生》：

蒲松齡也藉〈狂生〉中公堂上狂生的狂妄，與酷吏之橫蠻揭露了多方的黑暗，也表達一些哲理。首先他營造出一個狂生的性格，「**善飲，家無儋石，而得錢輒沽，殊不以阨窮為意。**」因他遇上一位好飲之刺史，便常因邀之同飲。而生也借此而接受薄賄。作者更揭露作為一個刺史竟包庇同遊貪污。（二）一日，在公堂，狂生送上求情之名片，而刺史只是微笑，於是「**生屬聲曰：『公如所請，可之；不如所請，否之，何笑也？聞之士可殺，不可辱。』**」此

表現出一個偽君子，自己明明受賄而爲人說項，還說出如此冠冕堂皇的話。（三）刺史怒曰：「何敢無禮？寧不聞滅門令尹耶？」區區一個刺史因一時高興，竟可將百姓滅門。酷吏的猙獰面目便可見一斑。（四）作者更帶出一個哲理性的話題，就是老子所謂的：「人之大患，為其有身；及其無身，吾何患焉？」所以狂生回應一句：「生員無門可滅。」狂生家徒四壁，刺史似乎沒奈他何。（五）作者把刺史之面目更顯出他的橫蠻和醜陋，狂生雖攜妻住城堞，「刺史聞而釋之，但逐不令居城堞。」眞是想把人趕絕。（六）最妙的是結尾，「朋友憐其狂，為買數尺地，構斗室焉。入而居之，歎曰：『今而後畏令尹矣！』」一方面顯示人間有情，但另一方面把老子的哲理作進一步的探討。所以異史氏有云：「噫嘻！此所謂貧賤驕人者耶？」

後語

　　很感謝你們的耐性，肯抽出你們寶貴的時間，把拙作卒讀了。我在封底那二百字提到敍事學對一些行業有幫助，不知道對你是否也有份兒？卽使有，如何把敍事學用到你們的專業，你們才是行家。我，一個外行人，那敢置喙。不過如果我們把我們日常的生活，看作一篇篇的小說，而利用敍事學的知識加以反省，分析和處理，我倒有些經驗。讓我在這裡分享一二。

　　《第五才子書施耐庵水滸傳》卷之三金聖嘆有云：「某嘗道《水滸》勝似《史記》，人都不肯信，殊不知某卻不是亂說。其實《史記》是以文運事，《水滸》是因文生事。以文運事，是先有事生成如此如此，卻要算計出一篇文字來，雖是史公高才，也畢竟是吃苦事。因文生事卽不然，只是順著筆性去，削高補低都由我。」「以文運事」，就是把過去已經發生的事，用文字記錄下來，我們稱之爲歷史。「因文生事」，就是把將來未發生的事，安排在文字中，看看它運行起來，有什麼結果。卽使產生不理想，甚至壞的結果，也不至有任何眞正的損傷。換言之，一項是有關過去的事；另一項涉及將來的事。「因文生事」既能避免損傷；而「以文運事」的功效便是可爲殷鑑，所謂前事不忘，後事之師。運用敍事學分析我們過去的事，安排籌劃我將來的事，卽使是我們日常的瑣事也能照顧到。其實這些瑣事，都可編成一個個寫實的或理想的微型小說。

　　敍事學的功能很多，我在書中已介紹了一部分，我現在只挑選出兩項，看看如何用到我們日常的生活中。一項是視點，另一項就是序列組合。

　　我在書中第六章提到全知視點、第三身視點等，由於我們各人對同一事，用上不同的視點，因此意見便往往分歧。正如魯迅談《紅樓夢》：「單是命意，就因讀者的眼光而有種種：經學家看見『易』，道學家看見淫，才子看見纏綿，革命家看見排滿，流言家看見宮闈秘事。」明乎此，我們平日看事物除了從自己的視點出發，不妨也從別人的視點出發，我們便可免了許多無謂的爭辯，胸襟也廣闊了很多。

　　又以大家熟識的半杯水思維：還是那半杯水，透過悲觀的視點，看著失去的半杯水，不知還可維持多久。如果換上樂觀的視點，幸好水不至用盡，使我們有充分的時間，去開挖新的水源。

　　至於序列組合，書中第八章不是談及「時序」嗎？同一組的事，如果排列的次序不同，禍福便會各異。《淮南子‧人間訓》記載有一個人人熟識的塞翁失馬故事。它的結局是「此獨以跛之故，父子相保。」喜劇收場。故事以「失馬」、「引來群馬」、「墮馬折髀」、「徵兵而獲免役」，因而避禍。如果我們把次序稍加更改，「徵兵」在先，「失馬」在後，上到戰場，卻失良駒，不悲劇收場才怪呢！

有人對你不起，如果你抱著「情有可原；罪無可恕」，務必追究到底，冤冤相報何時了。但轉過來，「罪無可恕；情有可原」，不打不相識，天下又多了一位朋友。

要推行一件不容易實現的事情，抱著「屢戰屢敗」，那只可令人氣餒。但翻過來，「屢敗屢戰」，事情終會有實現的一天。

今次本書出版，起初我跟香港多間出版社接洽，都不得要領。有些相熟的出版社對我說，我這本書不適合香港這個高度資本主義的社會。他們問我有沒有興趣寫些金融、旅遊、烹飪的。我告訴他們，這些我是外行的。他們又勸我不如寫教科書，那我更不願意把教育、寫作商業化。由於我抱著「屢敗屢戰」的精神，也懂得一點敍事學，使我想到本書第九章，〈背景〉。的確，「背景」影響事物的成敗。於是，我跳出香港這個高度商業的背景，轉向台灣，碰上了「蘭臺出版社」，一洽即合。因此，我很期望讀者諸君，人人能抱著「屢敗屢戰」的精神，藉著敍事學的協助，寫下你們多彩、燦爛、美滿的明天。

本書得以出版，首先要感激的是楊容容君的聯絡。社長盧瑞琴君的首肯。編輯沈彥伶君策劃、安排、潤飾和合作。蘭臺出版社全人的協助。令到本書殺青有期，得以面世。

讀者如果對本書有任何指正、批評、補充，請在電腦

上，按下：cloudcourt.wordpress.com進入本人的網站，選取「文學」，然後選取「敘事學入門」即可。

國家圖書館出版品預行編目資料

小說欣賞新視野：敘事學入門 / 胡緯著. -- 初
版. -- 臺北市：蘭臺出版社, 2022.02
面；　公分. --（文學評論：2）
ISBN 978-626-95091-2-6(平裝)

1.小說 2.文學評論

812.7　　　　　　　　　　　110019206

文學評論2

小說欣賞新視野─敘事學入門

作　　者：胡緯
編　　輯：沈彥伶
美　　編：田文惠
校　　對：楊容容、古佳雯
封面設計：田文惠
出　　版：蘭臺出版社
地　　址：臺北市中正區重慶南路1段121號8樓之14
電　　話：(02)2331-1675或(02)2331-1691
傳　　真：(02)2382-6225
E－MAIL：books5w@gmail.com或books5w@yahoo.com.tw
網路書店：http://5w.com.tw/
　　　　　　https://www.pcstore.com.tw/yesbooks/
　　　　　　https://shopee.tw/books5w
　　　　　　博客來網路書店、博客思網路書店
　　　　　　三民書局、金石堂書店
經　　銷：聯合發行股份有限公司
電　　話：(02) 2917-8022　　傳真：(02) 2915-7212
劃撥戶名：蘭臺出版社　　　帳號：18995335
香港代理：香港聯合零售有限公司
電　　話：(852) 2150-2100　　傳真：(852) 2356-0735
出版日期：2022年2月 初版
定　　價：新臺幣360元整（平裝）
ISBN：978-626-95091-2-6